集英社オレンジ文庫

京都伏見は水神さまのいたはるところ

ふたりの新しい季節

相川　真

本書は書き下ろしです。

目次

【登場人物紹介】

三岡《みつおか》ひろ

大学院生。東京で暮らしていたが、高校時代に京都の祖母のもとに。水神の加護があり、ひとならぬものの声が聞こえる。

清尾《きよお》拓己《たくみ》

ひろの幼馴染み。家業の造り酒屋『清花蔵』の跡取りとして東京から戻った。

シロ

かつて京都にあった池の水神。普段は白い蛇の姿だが、雨が降る時には人の姿になれる。ひろに執着する。

水守《みずもり》はな江《え》

ひろの祖母。古くから水に関わる相談事を引き受けていた蓮見神社の宮司。

波瀬《はせ》　葵《あおい》

ひろと同じ大学で民俗学を学ぶ学部３年生。しっかり者で、年下だけどひろの保護者的存在。

西野《にしの》　椿《つばき》

ひろの高校時代からの友人。小柄で色白な純和風美人。

砂賀《さが》陶子《とうこ》

ひろの高校時代からの友人。長身ではきはきした性格。

イラスト／白谷ゆう

一
秋の衣

1

京都の南に、伏見《ふしみ》という場所がある。

東西を宇治川《うじ》が流れ、かつては京の都と、大阪や江戸とを繋《つな》いだ水運の要所でもあった。

その宇治川からは、宇治川派流《はりゅう》と呼ばれる人工の川が引き込まれている。安土桃山《あづちももやま》時代に整備が始まった、歴史ある細い川だ。かつて荷物を積んだとされる十石舟《じっこくぶね》が、観光船として今も行き来していた。

派流の両岸には黄や橙《だいだい》に色づく桜紅葉《もみじ》が、十一月の風に揺れている。

伏見でもこの派流の一帯は、古くからの酒蔵が建ち並ぶ酒処《どころ》だった。

風に溶け込むような甘い匂いは、米麹《こめこうじ》の発酵《はっこう》する匂いだ。秋も深まるこの時期は、寒造りを採用するどの蔵も、仕込みが始まっている時期だった。

そのただ中に、小さな神社があった。

朱色の鳥居をくぐった先に手水舎《てみずや》と社《やしろ》がある。境内《けいだい》では木々が秋空に向かって枝を伸ばし、鮮やかに色づいてはかさかさと優しい、木の葉がすれる音を鳴らしていた。

三岡《みつおか》ひろは、その心地よい音に耳を澄ませながら空を仰いだ。

十一月も中頃になると、早朝はぐっと冷え込んできた。空気はキンと澄み切って、晩秋の高い空をずっと青く見せていた。

思う存分空の色を味わって、はっと思い出したかのように、ひろは境内に降り積もった落ち葉を竹箒《ぼうき》で集め始めた。深い茶色に染められた胸元ほどの長い髪が、ひと掃きごとにふわふわと揺れる。

しばらくしてひろは、また手を止めて空を見上げた。今度は鳥の声が聞こえた気がしたからだ。

ひろは自然が好きだ。

美しい花や草木や鳥の声、風の音、空の色が、季節によって移り変わっていくのを感じるたびに、どうしようもなく心が躍《おど》る。

立ち止まっては風の音に耳を澄ませ、ふとしゃがんで、桜紅葉のまだらに染まった朱色を楽しむ。柔らかく頰《ほお》を撫《な》でていく秋の風には、金木犀《きんもくせい》の甘い香りが混じっていた。

この自然豊かな神社――蓮見《はすみ》神社は、ひろの祖母の神社だ。

ひろがここに越してきたのは七年前。それまでひろは東京に住んでいた。

都会の喧騒《けんそう》とめまぐるしく入れ替わる人の群れ、鮮やかなイルミネーションが輝き、整然と整えられた街、そして活力溢《あふ》れる社会に、ひろはどうしてもついていけなかった。

そんな時、ひろはこの祖母の住む蓮見神社へやってきたのだ。

そうしてこの静かであたたかく、甘い米麹の香りのする町で生きていくと決めた。

この地で出会った人たちと共に。

「――おはよう、ひろ」

その声にひろは顔を上げた。蓮見神社の鳥居をくぐって現れたのは、清尾拓己《きよおたくみ》だ。

蓮見神社のはす向かいに、清花蔵《きよはなくら》という酒蔵がある。清酒『清花《きよはな》』を中心に、細々と続く昔ながらの酒蔵だ。

今年二十七歳になった拓己は、その『清花蔵』の跡取りだ。ひろの幼馴染《おさななじ》みで、信頼できる兄代わりのような人で――そして今年の春からはひろの恋人でもあった。

ひろは慌てて立ち上がった。

「拓己くん、おはよう」

その反動で手から滑り落ちた竹箒が、せっかく掃き集めた枯れ葉を盛大に飛び散らせて、ひろは肩を落とした。

「あ……せっかくきれいにしたのに……」

「そう言うて、ぼんやり空とか、きれいな色の葉っぱばっかり見てたんやろ」

拓己が呆《あき》れたように竹箒を拾い上げてひろに渡した。

掃除の最中に、自然に惹《ひ》かれてぼんやりと見とれてしまうことも、時間を忘れて音に聞き入ってしまうことも、ひろの幼い頃からのくせだ。拓己はそれをよく知っている。

黙り込んでしまったひろに、図星だと気がついたのだろう。拓己が笑った。

「ひろは相変わらずやなあ」

それが小さな頃から変わらないと言われているようで、ひろは少し恥ずかしくなった。

幼い頃ひろが京都へやってくるのは、祖母に会いに来るための、年に二、三度ほどだった。それが京都へ越してきて、拓己と共に過ごすようになったのが、ひろが高校一年生の秋だ。

それから二年半後――拓己は大学を卒業して東京で就職した。

そしてさらに四年と半年。ひろは二十三歳になって大学院に進学し、高校生だったあの頃より少し大人になった。

「ほら、学校遅れるんとちがうか。今日は一限からやろ。はよやってしまわへんと」

拓己はひろの手から、竹箒をさっと引き取った。それがまた甘やかされているようで、嬉《うれ》しいような、そしてなんだか悔しいような複雑な気持ちなのだ。

ひろは大人になった。けれど拓己の前では、いつだって幼い子どもに戻ったような気持ちになる。それは今でも、こうやって拓己が優しく甘やかしてくれるからだ。

「ひろはゴミ袋持ってきて」

「……わかった」

拓己の足元には、すでに散らばっていた枯れ葉がきれいな小山になっている。自分は散々苦労して集めたというのにと思うと、それもまた悔しかった。

急に黙り込んでしまったひろを気にかけてか、拓己が竹箒を動かす手を止めた。

「どうしたんや？」

「なんでもないよ」

自分が少しばかり情けなくなっただけだとは、あまり言いたくない。ひろがそっぽを向くと、拓己の手がひろの肩に回った。

「なんでもないいて顔、してへんけど」

拓己の声がすぐ隣から聞こえて、ひろはかあっと顔に熱が上るのを感じた。

ちらりと横を見ると、不思議そうな拓己の顔が近くにある。

大学生の頃と身長も、そして東京で続けていた剣道のおかげで、体の厚みもそのままだ。

だが瞳の奥には、あの頃はなかった思慮深い落ち着きが見え隠れしている。

胸がせわしなく高鳴る。

ひろが四年進んだ分、拓己も同じだけ時を重ねている。

だから拓己にとってひろは、いつまでも、近所の幼馴染みの子どもなのかもしれない。

「拓己くんは、きっとわたしのこと、子どもだって思ってるんだろうなって」

ぽろりと口から転がり出た。

拓己が一瞬硬直して、やがてひろの肩を離した。四年前よりやや短くなった髪をかきまぜる。彼本来の、艶《つや》のある黒髪のままだった。

「――……境内の掃除、あとはおれがやっとくさかい、はよ学校行き」

拓己が顔をしかめて腕時計をひろに突き出した。

「十分で電車乗らな、一限間に合わへん」

ひろはぎょっと目を見開いた。時刻は八時半、たとえ電車に間に合ったとしても、九時からの一限目にはギリギリだ。

「うわあ！」

慌てて家に駆け込んだひろは、置いてあった鞄《かばん》をひっつかむ。掃除用の草履《ぞうり》からブーツに履《は》き替えて飛び出すと、拓己が竹箒を持ったままひらひらと手を振っていた。

「今日はうちで夕食やろ。待ってるから」

ひろは顔を輝かせてうなずいた。

ひろの祖母、はな江《え》が仕事で遅くなる時に、はす向かいの清花蔵で夕食の相伴《しょうばん》にあずかっている。この習慣は拓己がいなかった四年間も、そして今もずっと続いている。

「ひろ、いってらっしゃい」

ひろは思わず立ち止まって振り返った。蓮見神社の社を背に拓己が見送ってくれている。

ここに帰れば、拓己が待ってくれている。そう思うとたまらない気持ちになった。

「いってきます！」

――ロングスカートを揺らして、ひろが駆け出していった。電車に間に合うかどうか、ひろの足なら五分五分といったところだろう。

通りを曲がっていくひろを、拓己はじっと見つめていた。

背は少し伸びた。肩までだった髪は胸あたりでくるりと巻くようになって、濃い茶色に染まっている。薄い化粧をしているのも知っているし、選ぶ服も大人っぽいものになった。

一つ息をついて、拓己は石畳《いしだたみ》にこんもりと積もった落ち葉をゴミ袋に詰め込み始めた。

ひろの言葉が耳の奥で反響する。

――きっとわたしのこと、子どもだって思ってるんだろうなって……。

「……そう思えたら、楽なんやけどな」

集めた落ち葉の鮮やかな黄色と橙が、風に吹かれてかさりと音を立てた。

龍ケ崎《りゅうがさき》大学文学部史学科民俗学専攻の研究室は、午後のうららかな日差しに照らされて、ゆったりとした空気が流れていた。

「——……それ、ほんまに付き合うてはります？」

一番痛いところをえぐられたような気がして、ひろはうめき声を上げてうつむいた。

民俗学研究室は、ゼミや院に所属する学生たちが自由に使える、いわゆる『研究室』部分と、教授の部屋である『教授室』部分に分かれている。

ひろは研究室の大机にノートパソコンを広げて、ちっとも進まないレポートと格闘していた。

斜め前で机に大量の資料を積み上げているのは、学部三年生の波瀬《はせ》葵《あおい》だ。同じ民俗学専攻の後輩だった。

短い髪をミルクティーブラウンに染め、毛先がくるくると跳ねている。猫のようなぱっちりとつり上がった瞳、身長はひろよりも低く、どことなく愛嬌《あいきょう》のある雰囲気だった。

ひろよりよほどしっかりした後輩で、一年生の頃からゼミに顔を出すようになり、三年生に進級して正式に所属するようになって半年、すでにゼミ費の回収やコンパの手配、合宿の采配などを一手に任されている。

面倒見がよく、いつの間にか葵はひろの保護者枠に収まってしまった。だからひろと拓己の事情もよく知っている。最初は「三岡さん」と他人行儀だったのが、最近は名前で呼んでくれるようにもなった。

「近所の幼馴染みのお兄ちゃんってとこから、全然進んでないって感じしますよ」

資料整理が一段落したのだろう。葵が椅子《いす》の背もたれに体を預けて、紙パックの紅茶に細いストローをさした。

「だって、忙しかったんだもん」

言い訳のようにひろはつぶやいた。

拓己は清花蔵の跡取りだ。

清花蔵は小さな酒蔵だ。仕込みの手配から営業、直販、酒屋への挨拶《あいさつ》まですべて拓己の父、正《ただし》が主に担《にな》っている。

拓己も父について、仕込みのない時期は府外へ出張したり、別の蔵の見学に行ったり、最近は本格的に仕込みの勉強をしたりと、せわしない日々を送っていた。

ひろはひろで、今は修士号取得のために日々勉強中だ。

それと同時に、蓮見神社の仕事も手伝わなくてはいけない。境内や手水舎の掃除に、お参りに来る人たちへの挨拶。

——そして、祖母はな江が担っている、蓮見神社の不思議な家業を。

ちっとも進まないレポートを諦《あきら》めて、ひろはノートパソコンをぱたりと閉じた。

「……拓己くんはわたしのこと、ちゃんと、好きって言ってくれたよ」

「でも四年間保留にされてたんでしょ」

葵の言葉がぐさりと突き刺さって、ひろは閉じたノートパソコンの上に突っ伏した。

ひろが高校を、拓己が大学を卒業する年。

就職するため、上京する拓己を見送った京都駅の新幹線ホームで、ひろは拓己に好きだと言った。だが拓己からの返事はなく、だからといってひろからそれに触れられるはずもなく——そうこうするうちにあっという間に四年が過ぎた。

拓己が蔵を継ぐために京都へ戻ってきた、今年の春。

清花蔵の前で、拓己は確かに言ってくれたのだ。ひろのことを「好きだ」と。

思い出すと未だに顔が熱くなる。

あの時のたまらない幸福感は、きっと一生忘れないだろうとひろは思った。

葵が細いストローでずずっと紅茶を吸い上げた。

「それで結局、ひろ先輩はどうなりたいんですか。彼氏さんと」

「どう、って……」

「もっとデートしたいとか、イチャイチャしたいとか、やることやりたいとか、結婚したいとか、色々あるやないですか」

「イチャ、や、やる……け、結婚!?」

葵があっさりと言ってのけたことを、ひろは壊れた玩具《おもちゃ》のように繰り返すしかなかった。

顔を真っ赤にして口をつぐんでしまったひろに、葵が呆れたように嘆息する。

「彼氏と彼女になって、そこではい、ゴールじゃないんですよ」

葵の言う通りだと、ひろもそう思う。

知識はある。ドラマでも小説でも漫画でも、友だちの話でも。でもそのどれもが、まだひろにとっては他人事《ひとごと》のように思える。

拓己の隣に立って特別な女の子になって、その先を想像したことが、ひろにはない。

そんな簡単なことさえひろはこの半年、考えもせずにいたのだ。


伏見の酒蔵『清花蔵』は、宇治川派流の傍《そば》に大きな屋敷を構えている。

道路に面した入り口は店になっていて、『清花』をはじめとした清酒の直販所になっていた。暖簾《のれん》がかけられた横に、茶褐色の杉玉《すぎたま》が軒先《のきさき》からぶら下がっている。

杉玉は新酒の時期を示す、杉の枝をまとめた丸く大きな玉のことだ。瑞々《みずみず》しい緑の葉が枯れてくすんだ茶色になるほど、熟成が深まった証《あかし》となった。

大学から戻ったひろが暖簾をくぐって店に顔を出すと、見知ったパートのおばさんがにこにこと出迎えてくれた。

挨拶をしながらその横を通り抜けると、細い廊下が続いている。廊下はそのまま清花蔵――清尾家の母屋《おもや》へ繋がっていた。

二階建ての古い木造家屋で、ところどころリフォームや修繕を入れた跡も見える。町中にあってこの清花蔵の母屋はかなり大きい。その理由は数多くの客間が造られているためだが、これは酒蔵の雇用形態に関係があった。

「――おかえり、ひろちゃん！」

野太い声がかかって、母屋に上がろうとしていたひろははっと振り返った。庭をせわしなく駆けているのは、冬の間に酒の仕込みをしてくれる蔵人《くらびと》たちだ。

彼らはやや珍しくなった、季節労働者だ。

夏は地元で農業や商売をやり、冬にこうして戻ってきて、寒造り――冬期を主とした酒造りの蔵に住み込みで入り、仕込みを手伝ってくれる。

清尾家に客間が多いのは、仕込みの間、彼ら蔵人たちがここで暮らすからだ。

「ただいまです」

ひろはぺこりとお辞儀をした。

蔵人たちは秋も深まるこの季節に、Ｔシャツ一枚でばたばたと走り回っている。

Ｔシャツから見える腕にはしっかりと筋肉がついていて、ひろの腕の二倍ほどもある。蔵人たちは重い桶《おけ》や米、水を運んだり、樽《たる》をかきまぜたりと力仕事が多いのだ。体もがっしりとしていて、声も大きく迫力もある。

ここに来たばかりの頃は、そんな彼らが怖くて、拓己の後ろに隠れてばかりだった。見た目の迫力をのぞけば、みな優しい人だと気がついてからは、ずいぶん気安い関係になった。家族のように接してくれる彼らのことが、ひろも大好きだ。

――秋になって蔵人たちが戻ってくると、清花蔵の食卓は賑やかになる。

食事の間と呼ばれる十畳ほどの部屋に、蔵人や杜氏《とうじ》がぎゅうぎゅうに詰めかける。大きな卓が真ん中にどんとあって、そこに大皿料理がずらりと並ぶのだ。

南京《かぼちゃ》の煮物や、出始めの鰤《ぶり》で作る鰤大根、おひつに入っているのは、ほこほこに炊《た》き上がった今年の新米だ。

拓己は外出からまだ戻っておらず、ひろは代わりに台所を手伝っていた。

ひろは体の前で支えるようにして持ってきた大皿を、食事の間の卓にどんと置いた。揚げたての天ぷらの、ほの甘く香ばしい匂いがする。

大皿には、秋茄子《なす》と椎茸《しいたけ》の天ぷらがうずたかく積まれていた。

からりと揚がった天ぷらは、淡く黄色い花のような衣を薄く纏《まと》っていて、それだけでさくっとした食感が伝わってきそうだった。

蔵人たちから歓声が上がるのと同時に、四方八方から箸《はし》が伸びてくる。

「わたしの分も残しておいてください！」

ひろは慌てて、横に寄せておいた自分の皿と箸を取り上げた。

この戦場のような食卓にも、ひろは最初ちっとも慣れることができなかった。

一人っ子だったひろは、大皿から取り分ける料理も苦手だったし、何より蔵人たちに親しげに話しかけられるのも怖かった。

今では蔵人たちの隙《すき》をついて、揚げたての秋茄子と椎茸の天ぷらを一つずつ、大好きな南京の煮物と、鰤大根の一番身がとろとろとしているところを、ちゃっかりさらってくるぐらいに成長した。

自分でも、人見知りの己がよく馴染んだものだと思う。

この清花蔵の食卓と、蔵人たちがひろにくれたものは、あたたかく優しい。

だが――最近の悩みの種はここにもあったのだ。

蔵人の一人がすすっと近づいてくる。

「若は遅いなあ。人と会《お》うてくるて昼に出て行って、まだ戻ってへんよ」

今まで『坊』や『若』、名前などバラバラに呼ばれていた拓己のことを、この春から蔵人たちは、示し合わせたようにみな『若』と呼ぶようになった。

そして聞いてもいないのに、にやにやしながら拓己のことを教えてくれるのである。

「安心しいや、相手は男やて言うてた」

「ぐっ」

ひろは茄子の天ぷらを、あやうく喉《のど》に詰まらせるところだった。ごほごほと咳《せ》き込んで、水を飲んで恨みがましそうに顔を上げる。

「聞いてないです。心配もしてないです！」

ひろと拓己が、どうやら付き合うことになったらしいという話は、蔵人たちにあっという間に広がった。

拓己とひろとしては最初、しばらく内緒にしておこうかということになったのだが、清花蔵の前で盛大に告白してしまったのだ。目撃者がいないわけがない。

目撃したのがおしゃべりなパートのおばさんだったことも、二人にとっては大変な不幸だった。

結局その日の夕方にはみなの知るところになり、すぐさま大宴会が開かれ、その真ん中で質問攻めにされたのは、春先のことながら今でも鮮明に思い出せる。

小心者で目立つことが苦手なひろとしては、もうしばらくは同じ目に遭《あ》いたくないと思うほどだった。

けれどあの時、蔵人たちは本当に嬉しそうだった。

みなに囲まれて、その大きな手でぐしゃぐしゃと髪をかき回されたり、筋肉のついたごつごつの腕で押しつぶされそうなほど抱きしめられたりして、自分たちの娘のことのように喜んでくれた。

だからひろはあの時のことを思い出すと、恥ずかしいやらいたたまれないやら、そして嬉しいやらで落ち着かないのだ。

ともかくこのままではからかわれ続ける。

蔵人たちの面白がるような視線から逃れるように、ひろは一生懸命皿に乗った料理を片付けて、湯飲みを持って隣の客間に避難した。

食事の間の横には、さらに八畳ほどの客間がしつらえてある。いつの間にかそこが、拓己とひろの清花蔵での定位置になっていた。

掃き出し窓が閉め切られた縁側は、まだ雨戸が引かれていない。窓ガラスの向こう側に清花蔵の庭が見えた。

白い砂利《じゃり》が敷かれていて、その真ん中に井戸がある。汲《く》み上げ式のポンプが備え付けられ、筒の先端からはぽたぽたと雫《しずく》が石の器《うつわ》にこぼれ落ちていた。

清花蔵の水、『花香水《かこうすい》』だ。豊潤な香りを持つ地下水で、酒の仕込みにも使う。

京都、伏見の地下深くには昔から大きな水たまりがあると言われている。地下水盆と呼ばれ、琵琶湖《びわこ》ほどの水量が蓄えられているそうだ。

鴨川《かも》、宇治川、桂川《かつら》の三本の河川と豊かな地下水が、この都の文化を──そして伏見の酒蔵の町を育てた。

ここは、古《いにしえ》からの水の都である。

月明かりが差し入る一人きりの客間で、ひろは湯飲みを両手で握りしめた。淹《い》れ直した熱々のほうじ茶が入っている。賑やかなのも苦手ではなくなってきたけれど、一人になるとまだどこかほっとする。

ほうじ茶の香りを楽しみながら、ひろは先ほどの蔵人とのやりとりを思い出した。

……拓己のことを心配していないというのは、嘘《うそ》かもしれない。

清尾拓己という人は、とにかく人気のある人だった。ひろの知っている大学時代も、人から聞くに、高校時代もそうだったらしい。

人を惹きつける容姿に上背のある体格、あの深い眼差《まなざ》しは十分に魅力的だ。面倒見が良く世話焼きな気質で、学生時代は何かと頼られていた。

そして何より、誰に対しても手を差し伸べる徹底的な優しさがあった。

ひろこそ、その優しさに助けられてきた一人なのだ。

東京でも、そして京都に戻ってきてからも、さらに大人の魅力を身につけた拓己にはきっと、たくさんの女の人が惹きつけられるに違いない。

そう思うと、ひろの胸の奥がきゅうと痛む。

嫌だな、と思う。でも口に出すのははばかられた。

面倒くさいと思われるのも嫌だし、それで嫌われるのはもっとだめだ。拓己の邪魔になるかもしれないから嫌だし、でもその傍に知らない女の人が引き寄せられると思うと、辛くてたまらない。

嫌、だめ、辛いばかりで、自分の気持ちこそままならない。

ひろが肺の底から吐き出した深いため息に続くように、誰かの、吐息のような笑い声が聞こえた。

ひろの視線の先、使い込まれ色褪《あ》せた畳の上に小さな白い蛇《へび》が這《は》っていた。

体長は三十センチぐらいだろうか。水のように透明な鱗《うろこ》を持ち、瞳の色は月と同じ輝く金色だった。

ひろは口元をほころばせた。

「シロ」

「ずいぶん、盛大なため息だな」

シロと呼ばれたその白蛇が、ゆっくりと鎌首《かまくび》をもたげた。ひろは湯飲みを置いてその白蛇を自分の手にすくい上げた。

白蛇のシロは、ひろの友人だ。

シロは水神だった。

今は小さな白蛇の姿をしているけれど、雨や雪が降ると人の姿を取ることができる。

本当の姿は透明な鱗と黒曜石のような艶めく鋭い爪を持つ、大きな龍《りゅう》だということもひろは知っていた。

──ひろは幼い頃から、不思議な力を二つ持っていた。

一つは、人ではないものの声を聞くことができる力だ。

木の葉がかさりと鳴る隙間に、木々が歌うのを聞くことがある。雨の日に蛙《かえる》が愛をつぶやくのも、空を駆ける鳥が笑う声も、春の桜が話しかけてくることも、ひろにとっては当たり前のことだった。

どうやらそれは普通のことではないと知ったのは、いつだっただろうか。

いつもぼんやりと空を見上げては、人ならざるものの声に耳を傾けているひろを、周りは変な子だと言った。

もう一つは、ひろの祖母が『水神の加護』と呼ぶ力だった。

何か危険な目に遭うと、水がひろを守ってくれる。

高校一年生の夏、ひろはその力で母と住んでいたマンションの一室を水浸しにした。そうして、東京から祖母の住む京都へ越してくることになったのだ。

この二つの力はどちらもひろが幼い頃に、シロが原因で得たものだった。

小さな白蛇は、月と同じ金色の瞳をきらめかせてひろの頬にすり寄った。

「何か心配事があるのか？　――おれが、守ってやろうか」

蜂蜜《はちみつ》より甘く、とろけるような声音《こわね》だった。

シロはひろのことをいつも大切にしてくれる。

小学二年生の、あの涸《か》れ果てた断水の夏に出会ってから、シロはいつだってひろのことを守り続けてくれているのだ。

その神の執着は深く、愛《いと》おしく、そして少し哀《かな》しい。

ひろは首を横に振った。

「大丈夫だよ、シロ。ありがとう。でも、わたしにもどうしたらいいかわからないんだ」

シロの声が、途端に不機嫌そうに潜《ひそ》められた。

「……跡取りのことか」

シロと拓己は、犬猿の仲である。

ひろがシロに隠しごとをすることはあまりない。何でも話してしまえるのは、ずっと傍にいた、一番近い友人のような関係だからかもしれなかった。

ひろは今朝のことを思い出して、わざとらしく頰を膨らませた。

「……拓己くんはわたしのこと、きっとまだ子どもだと思ってるんだ」

もっと恋人らしく、と葵に言われてからずっとひろは考えている。

「だから気を遣って、先に進もうとしてくれないのかな」

でもそこから先に踏み込めないのは、ひろが臆病なせいだ。妹を甘やかすように伸ばされる手を甘んじて受け入れて、それを嬉しいと思ってしまう。

「どうだかな」

舌打ちでも聞こえそうな様子で、シロが続けた。

「――あの跡取りにそんな可愛《かわい》げがあるとは、おれは思えんがな」

ふいにシロがぴくりと反応した。ついと鎌首をもたげて窓の外――庭の向こうを見やる。

「拓己くんだ……」

その先にひっそりと設けられている木戸を開けて、拓己が庭の奥へ消えていくところだった。

「行くぞ、ひろ」

シロがひろを急《せ》かす。

「だめだよ」

あの先に何があるのかひろも知っている。あそこは、清花蔵の大切な場所だった。

「だからだ。今年の仕込み具合を聞いておきたい」

こうなるとシロは聞かない。ひろは嘆息して縁側の先、掃き出し窓を静かに開けた。

清花蔵の庭の、さらに奥。木戸の先には小さな古い酒蔵がある。内蔵と呼ばれていた。

焼いた板でぐるりと囲まれた、昔ながらの酒蔵だ。厚みのある引き戸にはしめ縄がかけられていた。

蔵の前で拓己が振り返った。手には小ぶりな木の桶を二つ抱えている。外から帰ってきた格好のまま、カットソーに生成《きな》りのジャケットという出で立ちだった。

「なんやひろ。来たんか」

「客間から見えたから、追いかけてきちゃったんだ」

ひろの横から、シロがひょいと顔を出した。

「今年の仕込みはまだなのか」

拓己の顔が引きつる。

「お前もいたんか、白蛇」

拓己は内蔵へ視線を戻した。夜闇《よやみ》の中に内蔵が静かにたたずんでいる。

「これからやな。種麴も準備できてるし、十二月には仕込み始めるて父さんが言うてた」

「それは楽しみだ――なにせ、おれたちの酒だからな」

シロがその金色の瞳を硬質にきらめかせて、そう言った。

清花蔵は、その始まりが安土桃山時代だという古い酒蔵だ。荒ぶる水神のためにその酒が捧げられたのが始まりだという。

それから代々、この内蔵で神酒《みき》を仕込んでいる。神に捧げられる本物の神のための酒だ。それはシロたちのようなものにとって、特別な酒だった。

拓己はしめ縄のかかった引き戸を開けた。

内蔵の中は、外とは明らかに空気が違った。染みこんだ濃い米麴の匂いが、蔵の中を満たしている。四方には塩が盛られ、壁には一面何ともつかぬ札がべたべたと貼り付けられていた。

拓己の言う通り仕込みはまだ始まっていないのだろう。ひろの身長ほどもある大きな酒樽が二つ、横倒しになってその時を待っている。

拓己が手に持った桶を二つ、戸の横に重ねて置いた。

「内蔵の桶が壊れたて聞いたから、帰り際に蔵に寄って持ってきたんや」

清花蔵は道路を挟んで向かいに、小さな酒造工場を持っている。通常の仕込みはほとんどそこで行っていて、名前だけは昔と同じ『蔵』と呼んでいる。

用は本当にそれだけだったらしく、拓己はさっさと内蔵の戸を閉めてしまった。ひろの格好を見て眉を寄せる。

「寒いやろ」

ひろは自分の格好を見下ろした。大学から帰ってきたまま、薄手のニットにスカートで上着の一枚も羽織っていない。

秋も深まるこの頃、夜風はすでに冬の気配をはらんでいる。吐いた息が白く立ち上るのを改めて見て、ひろは自分が体の芯から冷えていることに気がついた。

思い出したかのように震えだしたひろに苦笑して、拓己が自分のジャケットを羽織らせてくれる。

その一つ一つの仕草が、ひろの胸をいちいち高鳴らせるのだ。

「あ、ありがとう……」

顔を赤くしたひろの首元から、するりとシロが這い出した。尊大に胸を張る。

「なかなかいい肌触りだな。あたたかくて悪くない」

「お前のためやないわ」

拓己が苦い顔をして言った。

木戸をくぐったところで、拓己が思い出したかのようにひろを見下ろした。

「ひろ、次の日曜日て何か用事あるか？」

問われて、ひろは首を横に振った。拓己は妙に歯切れが悪そうに続けた。

「今日の『若手会』でちょっと話してたんやけど……」

『若手会』とは、拓己が京都へ戻ってきてから、定期的に顔を出している会合のことだ。正確には『洛南《らくなん》の今後を担う若手経営者の会』で、伏見やその周辺で、起業したり家を継いだ若手たちが、情報を交換する場だそうだ。

「知り合いがひろに頼みたいことがあるて言うたはって……手伝ってくれへんやろうか」

どうしてだか心底嫌そうな顔で、拓己は絞り出すようにそう言った。

2

大手筋《おおてすじ》より一本南の通りに、小さなレストランがある。赤い屋根に臙脂《えんじ》色の煉瓦《れんが》、両開きの窓がはめ込まれたレトロで可愛い外観だった。

開店前の札がかかったレストランの、窓際の一席にひろと拓己は横並びに座っている。

内装も凝《こ》っていて、アンティークの飾り棚や暖炉《だんろ》、古めかしいランプが置かれていた。一つ一つ形の違うテーブルは、しかしすべて艶のある飴《あめ》色の木でできていて、全部で五つほどしか用意されていなかった。こぢんまりとした隠れ家レストランといった雰囲気だ。

拓己の知り合い──その男は、赤沢充《あかさわみつる》と名乗った。

肩口ほどまでの明るい茶色の髪に、先端だけ細かなパーマがあたっている。それを後ろで一つにくくっていた。目は切れ長の一重だが、端が少し垂れていてやや甘い印象だ。

「──この人ほんまに軽薄やから、できればひろとは会わせたなかった」

拓己が低い声でそうつぶやいた。

カウンターからトレーを片手に出てきた充が、不満そうに唇を尖らせた。

「軽薄てひどない？　遊び上手て言うてや」

顔と同じどこか甘やかさを感じさせる、低すぎない声色《こわいろ》だ。ねえ、と充に同意を求められて、ひろは曖昧《あいまい》に首をかしげた。

拓己の眉間《みけん》の皺《しわ》がますます深くなる。

充がひろと拓己の前に、それぞれホットコーヒーを置き、その向かいに座ったところで、ひろは立ち上がってぺこりと頭を下げた。初対面の人と話すのはひろにとってまだ苦手項目の一つだ。

「三岡ひろです。拓己くんの……幼馴染みです」

自分から拓己の彼女です、と挨拶するにはまだ照れが勝つ。充が肩を震わせた。

「はは、なんやふるふるしてて小動物みたいやし、かわええなあ。拓己の彼女さんやろ?」

「そのぺらぺら喋《しゃべ》る口、今すぐ閉じてもろてええですか」

拓己がじろりと充を睨《にら》みつけた。

拓己と充は、半年前に『若手会』で出会ったそうだ。すでに仲の良い先輩、後輩といった風で、ひろの前では見せない、少しぶっきらぼうで不機嫌そうな拓己が珍しい。

今年二十八歳になるという充は、このレストランのオーナー兼シェフを務めているそうだ。

高校を出たあとすぐにパリで修行を始め、東京を経《へ》て地元京都で店を開いた。この店は開店して二年ほど、充とあと二人のスタッフで回しているため、大盛況とまではいかないが、細々と続けることができているという。

一度カウンターに引っ込んだ充が、小さな皿を持って戻ってきた。

皿の上には、いかにも濃厚そうなプリンと生クリーム、飾り切りされたオレンジが添えられていた。拓己とひろの前に一皿ずつ置いてくれる。

「どうぞ、ひろちゃん。うちでデザートに出してるプリン。メイン料理を抑えて一番人気なんや」

ひろが遠慮がちに見上げると、いつも余分に仕込むからと、充が視線で促《うなが》した。

ひろは顔を輝かせて、いそいそと細いシルバーのスプーンを持ち上げた。

「いただきます！」

黄金色のプリンをすくう。しっかりとした弾力と歯ごたえのあるプリンが、口の中では一瞬でほろりととろけてしまう。卵の味が濃厚なカスタードが、苦みのあるカラメルと一緒になって、複雑な風味が広がった。

「美味《おい》しいです！」

充がきゅうっと目を細めた。

「おれ、女の子が甘いもの食べて幸せーってなってる顔、めっちゃ好きやねんな」

すかさず拓己が横から口を挟む。

「あんまりひろの顔、見んといてもらってええですか」

むっとした顔でスプーンを握りしめている拓己を見やって、充がくつくつと喉を鳴らして笑っていた。

「充さんこんな感じやけど、……料理の腕は確かやから」

拓己がどこか悔しそうに、そうつぶやいた。それが拓己なりの褒め言葉だとわかるから、ひろもうなずいて、張り切って残りのプリンにスプーンを伸ばしたのだった。

プリンの皿が空になり、カップのコーヒーもそれぞれ半分ほどになった頃だった。

唐突に充が切り出した。

「――ひろちゃんって、あの『蓮見さん』の子なんやんな」

蓮見さん、とは蓮見神社のことだ。

探るような充の視線に、ひろはプリンに浮かれていた顔を、きりりと引き締めた。

――京都は山からの豊富な湧き水が三本の大きな河川に流れ、その地下に巨大な水盆を抱えた、古からの水の都だ。

そのため水に関わる商売も多い。

染め物に、紙、酒造り、陶磁器、舟運《しゅううん》……。

そうしてたびたび、水に関わる相談事を請け負ってきたのが、蓮見神社だった。

――水のことは、蓮見さんへ。

まことしやかにそう囁《ささや》かれる神社は今、ひろの祖母、はな江が守っている。

七十歳を超えた今も、祖母は京都中を走り回っていて、あちこちから相談事を引き受けている。いずれひろもその跡を継いで、蓮見神社に持ち込まれる相談事を解決する役目を担うつもりだった。

ずっと笑顔だった充が、そこで初めて眉を寄せて渋面《じゅうめん》を作った。

「水に関係あるかはわからへんけど、ひろちゃんやったら相談できるて、拓己に紹介してもらったんや」

ひろは心持ち居住まいを正して充と向き合った。

ことの始まりは、充が買い取った古い屋敷だった。もうずいぶんと放置されていて、なかなか買い手のつかなかった屋敷だと充は言った。

「来年、二店舗目をそこに出すつもりなんや」

大手筋のこのレストランはだいぶ客がつくようになった。これを期に放置されていた家を利用して、系列店をオープンする予定だった。

場所は伏見の東、桃山の丘の上だ。

「大亀谷《おおかめだに》あたりやろか。北堀《きたぼり》公園のちょっと北らへん。あのあたりは武家屋敷がいっぱいあった所やて聞いてる」

いつだったか、ひろも拓己に聞いたことがある。

伏見にはかつて、伏見城という大きな城があった。太閤豊臣秀吉《たいこうとよとみひでよし》が建てた城で、それにあわせてこの一帯を城下町として整備したという。

今でも当時の武家屋敷の名残で『毛利長門《もうりながと》』『水野左近《みずのさこん》』『最上《もがみ》』『長岡越中《ながおかえっちゅう》』と、それらしい名前がそのまま地名として残っていた。

充が先を続けた。

「その屋敷は、前の持ち主が明治時代ぐらいに買わはって、そのあと何度か建て直したらしいんや」

十年以上前に前の家主が亡くなってからは、結局ほとんど手つかずのまま放置されているという。

充がその家を引き取ると決めて、先月訪ねることになった。

二階建ての日本家屋で、壁は漆喰《しっくい》、屋根は瓦《かわら》屋根の特に変わったところのない造りだ。庭に面した縁側だけが普通より広く張り出し、今で言うウッドデッキのようになっていた。昭和に建て直したのだと充は聞いていた。

家については、縁側が広いくらいで取り立てて特別なところはない。充はそこで、一度言葉を切った。

「……ただ、お庭だけがほんまに見事でな」

家よりも庭の方がずっと広かった。

桜と南天、背の低い椿《つばき》、天を衝《つ》くような樫《かし》の木、金色の花をぽろぽろとこぼす金木犀《きんもくせい》。

敷地の中を細い川が一周し、途中で広い池と繋がっている。池には小さな中島があって、そこに、ぽつりと紅葉《もみじ》の木が一本立っていた。

放置された十年で下草が鬱蒼《うっそう》と茂り、木々が縦横に枝葉を伸ばし続けているが、手入れさえされていれば四季の草花が楽しめる見事な庭だっただろう。

家の縁側が広く張り出しているのは、この庭を眺めるためかもしれなかった。

ひろは目を輝かせた。話を聞いているだけでも心が躍る。

これから紅葉の季節がやってくる。その頃には、池の中島で色づく見事な紅葉を見ることができるに違いない。

「──ただ、ひどいもんやった」

充が苦い顔をした。

「ほうっとかれてた十年でえらい荒れててな……。たぶん誰かが入り込んでたんやろうな。ゴミが放置されてたり、家電とか捨てられたりしててな」

どうやら近所の若者たちが、たまり場として使っていたらしい。空き缶やビニール袋に入ったゴミ、プラスティックの容器に入った何かの食べ残しまでが、ぽつぽつと池に浮かんでいる。冷蔵庫に錆《さ》びた自転車、小型の電気製品がゴミ捨て場のように放置されていた。

拓己が眉を寄せる。

「ひどいですね」

「家は鍵かかってて無事やったけど、庭は塀越えたら入れてしまうしな」

充一人の手でどうにかできるようなものではなく、本格的に清掃業者を入れようかと、悩んでいた時だった。

ばしゃり、と池の水が跳ね上がった気がした。風もないのに、浮かんだ空き缶やプラスティックの容器がゆらゆらと揺れている。

気のせいだろうか、と充がそう思った瞬間。

どう、と風が吹いた。

金木犀の花を散らし、樫の葉が一斉にふれあう暴力的な音を立てる。その場に立っていられなくて、充は池の前に尻餅《しりもち》をついた。

池が波だって溢れ、ゴミが押し流されていく。

風が収まった時には、池の縁にゴミがへばりつくように溜まっていた。

充はうかがうようにひろを見た。

「なんか、あんまり大したことない話でごめんな。たまたま、風が強く吹いただけかもしれへんし……」

　力なく笑った充が、そこで話を打ち切ろうとしているのがひろにはわかった。

「充さん、まだ何かあるんですよね」

　拓己がそう言うと、充がぎくりと肩を跳ね上げた。

　躊躇《ためら》うように視線を泳がせて、開店前で客もいないのに、あたりを確かめるように見回した。

「……おれも、自分であんまり信じられてへんくて。ヤバいやつやて思われそうやし」

　それから慌てて気遣うように、ひろを見やった。

「ごめん。ひろちゃんに言うことやないな」

　ひろが蓮見神社の子だと思い出したのだろう。

　ひろは首を横に振った。

　この地には、人の理解の及ばないことが確実に存在していると、ひろは知っている。

　それをのみ込んで寄り添うように生きている人もいれば、一生縁のない人もいる。信じられないと拒絶する人もいる。

　人それぞれだと、ひろはそう思うことができるようになった。

　その人間と、そうして人ではないものたちとの間に立って、寄り添っていくと決めたのはひろ自身だ。

「大丈夫です。赤沢さんが信じられないことでも、全部聞きたいです」

充はしばらく躊躇っていたようだったが、やがてぽつりと口を開いた。

「おれ、見てしもた……かもしれへん」

逆巻く風と溢れる水、舞い散る枯れ葉のその一瞬の隙間に。

充は女の姿を見た。

ひどく汚れた単衣《ひとえ》を纏っている。元は白だったのだろうが、見る影もない。だらりと黒髪を長く伸ばし、櫛《くし》が入らないだろうほどぼさぼさに絡まっていた。

顔は見えない。ただ単衣の袖《そで》から見える肌は、薄気味悪いほどの真白だった。

「幽霊やったんやろか……」

充の声はどこか怯《おび》えているように聞こえた。縋《すが》るようにひろの方を向く。

「ひろちゃんやったら、なんとかできるんやろ？」

ひろは慌てて首を横に振った。ひろにできることは、そう多くないのだ。

「お話を聞いて、様子を見に行くことはできます。でも、うちはいわゆる拝み屋さんではなくて……あ、でも、おばあちゃんに頼めば、紹介することもできるんですけど」

しどろもどろになりながら、ひろは一生懸命説明した。

ひろにできるのはまず声を聞くことと、判断することだけだ。

不思議なできごとが人の手に負えるものなのか、そうでないものの力が必要なのか。それは祖母も同じだった。

充はそれでもほっと肩の力を抜いた。

「うん。見てくれるだけでもええ……」

充は机の上に小さな鍵を一本乗せた。その家の鍵なのだろう。

「それで、お代はどうしたらええんかな。相談料みたいなんがいるんやろ。おれこういうのの相場てわからへんねん」

ひろは戸惑ったように口をつぐんだ。

蓮見神社の手伝いで料金の話が出たのは初めてだ。もちろん祖母は相談料としていくらかもらっているようだが、ひろはまだまだ見習い以下だ。

ひろはちらりと拓己をうかがった。困った時に、つい拓己を目で追うくせはどうしても抜けない。

「ひろが決め。ひろの仕事なんやろ」

きっぱりとそう言われて、ひろはぐっとうなずいた。

拓己は肝心なところに、きちんと線を引くことのできる人だ。そこに手を差し伸べるのは優しさではないと、ちゃんと知っている。

「相談料は――……」

いらないです、と口に出そうとしてひろは思いとどまった。

代金を取るということは、仕事に対しての責任を負うということなのかもしれないと、ふと思ったからだ。けれどまだ祖母のような、拝み屋の伝手《つて》もなければ経験に裏打ちされた自信もない。

真剣な顔で悩んでいるひろを、拓己も充も急かすことなく、じっと待ち続けてくれた。ひろ自身で考えるべきことだと、二人ともわかっているようだった。

しばらくして、ひろは充とまっすぐに向き合った。

「ええっと、ひとまず様子を見に行くだけなので、相談料とかはもらいません。それでもし解決できるなら、解決料というか……」

「成功報酬《ほうしゅう》いうやつやな」

充がフォローしてくれたので、ひろはうなずいた。

「はい、その成功報酬という形でお願いします。だけどまだわたしは学生で、神社のお仕事はお手伝いなので、お金をいただくのはちょっと早いとも思っています」

ひろはぐるりとレストランを見回した。やがて、幸せの味のするプリンが乗っていた皿を指して、充をおそるおそるうかがった。

「成功したら、またこのプリンをごちそうになってもいいですか？」

自分でも情けない提案だと思う。けれどこれがひろの精一杯考えた結果なのだ。

充は少し驚いたように目を見開いて、やがてその切れ長の瞳を細めて笑った。

「じゃあ、今度は倍の大きさで作ったげるわ。楽しみにしとき」

「はい！」

プリンの味を思い出しただけで、ひろの気持ちがぱっと明るくなる。ご褒美は甘いものと昔から相場が決まっているのだ。

なぜだか不機嫌なのは、隣の拓己ばかりだった。

「……その時はおれも来る。ひろが一人で来るのは絶対あかん。この人、遊び人やから」

「店のお客さんには手ぇださへんわ」

呆れたような充に、拓己が肩をすくめた。

「ほんまやろか」

拓己のあたたかい手が、ぽんとひろの背を叩いた。ああ、これは褒めてくれているのだとすぐにわかる。

自分で考えて、結論を出す。自分の仕事に――プリン一つ分だとしても――報酬をもらい責任と誇りを持つ。

よくやった、と拓己の大きな手がそう言ってくれているような気がして。

ひろはたまらなく嬉しくなったのだ。


その翌週、ひろは拓己と連れだって件《くだん》の屋敷を訪ねることにした。

拓己は質のいいブラウンのニットとすっきりしたデニムに、厚手のジャケットを羽織った姿で蓮見神社まで迎えに来てくれた。

「せっかくやし、御陵《ごりよう》さんに寄っていくか。ちょっと歩くけど」

桃山御陵は今、紅葉が少しずつ色づいているはずだ。その提案にひろは目を輝かせて、そしてはっと拓己を見上げた。

「拓己くん、蔵の方は大丈夫なの？」

寒造りの蔵はこれからが仕込みの最盛期だ。一度始まると、土日も正月も関係ないのが普通だった。内蔵の仕込みもそろそろ始まると言っていたのを、ひろは覚えている。

「ええよ。夜から手伝うし。父さんも蔵人さんらも交代で休み取ったはるしな」

行こうか、と拓己が先に立って歩きだした。ここから桃山御陵まではゆっくり歩いて三十分ほどだ。ひろは慌ててその背を追いかけた。

大手筋は東に向かうにつれて、緩やかな上り坂になっている。アーケードの端には京阪《けいはん》の伏見桃山駅が、もう少し進むと近鉄《きんてつ》桃山御陵前駅が続く。

休日ということもあって、人がひっきりなしに改札を通っていくのが見えた。

そこには恋人同士だろうという組み合わせもあって、互いに手を繋いで、楽しそうに笑っているのがわかった。弾んだ声がここまで届く。

河原町《かわらまち》の映画館で……梅田《うめだ》まで出て……と楽しそうだ。デートの計画だろうか。

ここから遊びに行くとなると、たいていは中心部である三条《さんじょう》や四条《しじょう》河原町、そうでなければ大阪の中心部、梅田になることが多いのだ。

そういえば映画とか繁華街に、拓己と遊びに行ったことはあまりないと、ひろは隣を歩く拓己をちらりと見上げた。

ひろが苦手だからだ。

東京に住んでいた頃から、めまぐるしく動く人の波が苦手だった。

喧騒も、雑踏をぶつからないように歩くことも苦手だ。都会はひろには速くて、追いつくことができない。

梅田のファッションビル群より、御陵の静かで穏やかに吹き抜ける風が好きだ。河原町の人混みの賑やかさより、高瀬《たかせ》川の畔《ほとり》で、緩やかな川面《かわも》に木の葉の影がうつり込んで揺れているのを見ることの方が、性に合っている。

拓己はそのことを誰よりよく知っていて、だからいつもひろに合わせてくれるのだ。

それが今は少しばかり不安だった。

拓己はひろと一緒にいて、退屈でつまらないと思うだろうか――……。

大手筋通を跨《また》ぐように、大きな朱色の鳥居がかかっている。御香宮《ごこうのみや》神社の鳥居だった。

それをくぐってずっと東へ。ＪＲ桃山駅の踏切を渡ると、鬱蒼と茂る森が現れた。

桃山御陵――明治天皇伏見桃山陵だ。

道路から外れた森の中に入ると、それだけで自分がほっとしたのがわかった。

高く晴れた秋の空を森の木々が切り取っている。

足元にはころころとどんぐりが転がり、耳を澄ますと虫の声が聞こえる。

染み入るような静けさだった。

晴れた空を雲が通り過ぎると、苔《こけ》むした石畳に落ちる光の色が変わるのがきれいだった。

「ひろ、紅葉」

拓己が指した先には、すでに半分ほども色づいた紅葉の木があった。

明治天皇陵は通路から外れて、そこから先の森に立ち入ることはできない。こうして遠目に眺めるしかないのだけれど、それでも自然のまま、山の木々に埋もれるように色づく紅葉に、ひろはうっとりと見入った。

どれぐらい時間が経《た》ったのだろうか。ふ、と笑い声がしてひろははっと我に返った。拓己がこちらを見下ろしている。

「ほんまに、楽しそうやなあて思て」

ひろは慌てて顔を逸《そ》らした。その瞳の色をひろはよく知っている。シロが時折くれる、甘くとろけるような色だ。

なんだか直視できなくて、ひろは目を逸らしたまま小さく謝った。

「ごめんなさい。結構ぼうっとしちゃってた」

「ええよ。急いでへんし。御陵さん寄っていこうて誘たんはおれやしな」

拓己はいつだって優しい。そうしてひろばかりを優先してくれる。ふと不安になって、ひろは拓己を見上げた。

「拓己くんは、どこか行きたい所ない？」

「たとえば？」

問い返されて、ひろの方が困ってしまった。

「映画とか水族館とか遊園地とか……」

きっと楽しい所は他にもたくさんある。ショッピングもゲームセンターもカラオケも。

拓己は友人も多いから、そういうものをたくさん知っていそうだった。

拓己は迷うように宙に視線を投げた。

「別に行ってもええけど、遊園地とか特にひろは苦手やろ。ひろが楽しめへんのやったら行ってもしょうがないしなあ」

「楽しいよ。友だちとも行ったことあるし」

だから大丈夫だ、とひろはつけ加えた。

大学の学部生だった頃に、連れだって行ったことがある。みんなでわいわい遊ぶのは、少し疲れたけれど楽しかった。

そう主張すると、拓己が優しい瞳をこちらに向けていた。

「でも落ち着かへんのやろ」

ほら、と拓己の大きな手がひろの前に差し出される。

見上げると、青空を切り取るように覆《おお》い被さる秋の葉の色彩、それを背に拓己が微笑《ほほえ》んでいた。

「手」

ひろは思わず拓己の顔と差し出された手を、交互に見やった。

「いいの？」

ひろは思わず問い返した。拓己が小さく首をかしげる。

「だめなんか?」

「だ……だめじゃないです」

ひろはおずおずと自分の手を伸ばした。

そうだ、拓己と自分は恋人同士だった。彼氏とか彼女というやつで、だから出かける時に手を握ってもいいし、寄り添って歩いたっておかしいことはない。

そっと伸ばした手は、拓己の大きな手にぎゅうと握りしめられた。

ほかほかとあたたかい。

ひどく安心する。

手を繋いでいるだけなのに、そのあたたかさがじんわりと胸の奥まで染み入ってきて、なんでもないのに泣いてしまいそうだった。

小さな頃、京都に来た時にはよくこうやって、拓己に手を引かれてあちこち連れていってもらった。

引っ込み思案で京都に友だちが誰もいなくて、一人で空を見上げ、風の音を聞いていたひろを、拓己が連れ出してくれたのだ。

拓己は大好きな近所のお兄ちゃんだった。

耳の奥で鼓動がうるさくて、ひろは顔を上げられなかった。安心するのに落ち着かないなんて、こんな矛盾《むじゅん》した感情に最近振り回され続けている。

「――遊園地も、いつかひろと行ってみるのも悪ないかなて思うけど」

握る手にぎゅっと力がこもったのを感じて、ひろはそろそろと顔を上げた。こちらを見下ろす拓己と目が合う。

その瞳の奥にとろけた色を見て、やっと落ち着きそうになっていた鼓動がまた跳ねたのがわかった。

「おれはこうやって、ひろとぼんやりしてるのがええな」

なるほど、繁華街ではなくてよかったとひろは思った。顔が熱くて上げられない。こんな顔を、道行く人々に見られるわけにはいかないのだ。

充の言う通り、桃山の屋敷は建物より庭の方がずっと大きかった。

低い漆喰の塀の向こうから、こんもりと樫や桜の木が盛り上がっている。塀の漆喰はあちこちぼろぼろと剝がれていて、古い造りなのだろうとすぐにわかった。

門の鍵を開けて中に入った途端、その惨状を目の当《ま》たりにして拓己は顔を引きつらせた。

「……うわ、これはひどいな」

敷地内はひどく荒れ果てていた。

庭木には茶色に変色したツタが絡まり、下草は枯れ果てている。

口を縛ったビニール袋や紙袋、食べ物や菓子のパッケージ、ペットボトル、空き缶に、雨に濡れてふやけた雑誌。大きいものになると、家電や錆びた自転車までもが放置されていた。

おそらく充だろうか、端に集めてなんとかしようとした形跡はあるものの、一人ではどうしようもなかったのだろう。

「……きっと、本当はきれいなお庭だったんだよ」

ひろは沈痛な面持ちでゆっくりと庭に足を踏み入れた。

雨戸の閉め切られた家はこぢんまりとしているが、ウッドデッキのように張り出した縁側が目立つ。本当ならあそこで、年中この美しい庭を眺めることができたはずなのだ。

庭の真ん中に、切り取られるように大きな池がある。長く水が入れ替えられていないのだろう。ずいぶん澱《よど》んでいた。

周囲はぐるりと石畳が巡らせてあったが、半ば下草に埋もれてしまっている。池の縁には、ビニール袋がいくつかだらりと引っかかっていた。

池の中には広い中島が、その中央に一本の紅葉の木が植えられていた。

立派な木だ。幹は十分に太く、長い時を生きているに違いないとひろは思った。青空にごつごつとした枝を伸ばし、そこからさらに細い枝を広げている。

拓己が首をひねった。

「葉があらへんな。落ちるには、ちょっと早い気がするけどな」

この十一月の中頃から末にかけては紅葉の最盛期だ。本来は鮮やかに色づき始めた葉がついているはずの枝には、枯れた紅葉の葉が一、二枚ぶら下がっているだけだ。

よく見ると、木肌はくすんでいてあちこちぽろぽろと剝がれてしまっている。艶もなく乾燥していて、枯れ始めているのかもしれなかった。

ひろは、ふと顔を上げた。

風に小さな声が混じっているのが聞こえたからだ。

――……紅《くれない》、淡朽葉《うすくちば》、山吹、濃青《こきあお》、淡青《うすあお》、蘇芳《すおう》……。

かすかだが、確かに女の声だった。

ひろがきょろきょろとあたりを見回し始めたのに気がついたのだろう。拓己がひろの肩を叩いた。

「聞こえるんか？」

ひろはゆっくりとうなずいた。ひろが不思議な声を拾うことは、拓己もよく知っている。

拓己にはこの声は届いていないのだろう。ひろは耳を澄ませた。


――蘇芳、山吹、淡朽葉。


「ひろ！」

拓己が声を潜めて紅葉の木を指した。

枯れた枝の下、紅葉の幹に寄り添うように人の姿がある。ひろは思わず縋《すが》るように拓己の腕をつかんだ。

ひどくみすぼらしい女だった。

「充さんが、言うたはった女の人か」

拓己がうめくようにそう言った。

人ではないものの声を拾うひろと同様に、拓己も古くから神酒を――本物の神の酒を扱う清花蔵の跡取りだ。ひろほどではないが、人ではないものの姿を見ることも多い。

女の姿はひどい有様だった。

かつては豊かだったのだろう、長い髪をだらりと垂らし、薄汚れた単衣を纏っている。うなだれた顔は髪に隠されてうかがうことはできないが、袖から伸びた手首は青白く精気がない。手の先に割れた爪が見える。

ぼさぼさの髪の隙間から、乾いた唇が小さく動くのがわかった。

「あの人、何を言うてるんや？」

「紅とか山吹とか……たぶん、濃いとか淡いとかって聞こえるんだけど……」

ひろの視線の先で女がぞろりと顔を上げた。日の光が当たっているはずなのに、その顔には深く影が落ちていて表情はうかがえない。

女は己の傍の木を見つめて、やがて嘆くように天を仰いだ。

――……我が美しき、紅《くれない》紅葉《もみじ》の衣よ。

割れた爪の手が、宙をなぞった。

途端に風が吹き抜ける。枯れ葉が舞い散り、足元の枯れた下草が吹き散らされる。ひろは思わず目を閉じた。

風が止んでそろりと目を開けると、その先に女の姿はなかった。

「……なんやったんや……紅葉の幽霊か何かか」

拓己が呆然《ぼうぜん》とつぶやくように言った。

「たぶん、あの紅葉が女の人なんだよ」

ひろがそう言うと、拓己が眉を寄せて、池の中島にある紅葉の木を見つめた。

「もう枯れてしまいそうやな」

素人《しろうと》のひろの目から見ても、紅葉の寿命はもう長くなさそうに見える。だからあのみすぼらしい姿だったのだろうか。

だからあんな風に、何をも呪うように嘆き、空を仰いでいたのだろうか。

縋るように手を伸ばしたその姿が、ひろの目に焼きついて離れなかった。


夕方からぐずつき始めた天気は、夜になって本格的に雨に変わった。

深い秋の雨は、しとしとと静けさを塗り込めるように降り続ける。雨が地面に落ちるたびにあたたかさを奪っていくようで、夜半を過ぎた頃からは凍《こご》えるほどに冷え込んだ。

その夜ひろは、蓮見神社の二階の自室で布団にくるまって震えていた。

「油断した……」

エアコンの無いひろの部屋は、冬は学部生時代に買ったストーブ一つで乗り切っていた。

夏は階下の物置にしまっていたのを、そろそろ出さなくてはと思っていたのだ。まだ大丈夫だろうと、ずるずる出し渋っていたらこの寒さだ。

「――だから、早めに出しておけと言っただろう」

からかうような声が部屋に響いたかと思えば、どこからともなくするりと人影が現れた。

ひろはその姿に驚くこともなく、むっと唇を尖らせる。

「わかってるよ。でもまだ大丈夫だって思ったんだもん」

人の姿のシロだ。

肩に届くほどの白銀の髪、見上げるほど背の高い美丈夫だ。この寒さだというのに薄い着物一枚で、裾《すそ》には蓮《はす》の模様が施されていた。

その手は抜けるように白い色をしていて、生気というものをあまり感じない。触れると年中ひやりと冷たく、人ではないものだとありありと示しているようだった。

シロが裸足《はだし》の足で畳を踏みしめる。布団にもそもそとくるまっているひろを見下ろすその瞳は、月と同じ金色をしていた。

「寒がりなのに、そういうところは適当だな」

笑いの気配を滲《にじ》ませて、シロのその手がひろの頭をくしゃりと撫でた。

シロは雨が降ると、こうして人間の姿を取ることができる。気まぐれにひろの部屋に遊びに来ては、好物である甘い菓子に舌鼓《したつづみ》を打つのが常だった。

ひろは布団から出ると、箪笥《たんす》の上に置いてあった菓子鉢《ばち》を取り上げた。祖母にもらった、軽い木の鉢だ。そこにはシロ用に、小さな菓子袋や平たい箱がいくつも用意されている。

「おばあちゃんが、もらってきたお干菓子を分けてくれたんだよ」

鉢から平たい箱を選んで開けると、紅葉の形をした干菓子が規則正しく並べて収められていた。和三盆を固めた干菓子で、紅葉の先端からほの淡い橙や紅に染まっている。

途端に、シロが目を輝かせたのがわかった。

シロは人の手で丁寧に作られたものが好きだ。その中でも甘い菓子が特に好物だった。

シロは長い指で紅葉を一つつまみ上げて、電灯の光にかざした。

「やはり人の菓子はいいな、美しいものだ」

シロがやがて、満足そうに紅葉を口の中に放り込んだ。ひろもそれにならう。和三盆が口の中でほろりとほどけて、素朴《そぼく》な、けれど繊細な甘さが広がった。

シロが箱の中の紅葉を、愛おしそうに見つめている。

「紅葉の干菓子なんて毎年見てるのに、本当に好きだね」

「同じ型や材料を使っても、一つ一つ色が違う。本物の紅葉のようだ」

シロの金色の瞳が、きゅうと細くなった。

「去年は橙がやや深かったように思うな。今年は、もしかしたら未熟な者が作ったのかもしれない。端が少し丸まっている」

肩を震わせて笑うシロが、本当は人の営みそのものを愛しているのだと、ひろは知っている。

この神様は美しく傲慢《ごうまん》で恐ろしい。だがその芯に優しさを秘めている。

——本人は決して認めないだろうけれど。

小さな干菓子をシロと交互に食べながら、ひろは今日訪ねた件の家のことを話した。

荒れ果ててしまった屋敷のこと。澱んだ池に植えられた枯れかけた紅葉のこと。その木の下に立つ薄汚れた単衣を着た女のこと。

そして、彼女が嘆くようにつぶやいた言葉のこと。

シロはその言葉を、聞いたことがある、と言った。

「だがずいぶん前の話だな。たぶん、宮中をのぞきに行った時だ」

シロは龍の姿を持つ水神だ。ひろよりずっと長い時間を生きている。この地が都と呼ばれるようになる、はるか前からここに棲《す》んでいる。

「宮中っていうと、御所のことだよね」

「ああ。色とりどりの衣を纏った女たちが、時の帝《みかど》に侍《はべ》っていた頃だ」

そうすると、平安時代ぐらいになるのだろうかと、ひろはあたりをつけた。シロの話はいつも時代のスケールが違う。

その頃、宮中にはたくさんの女たちが住んでいた。帝に関わるものや内裏《だいり》で仕事をする女たちだ。

「その頃、女たちは衣を何枚も重ねるのが流行《はや》っていたようだった」

当時、宮中の身分の高い女たちは普段、女房装束《にょうぼうしょうぞく》と呼ばれる衣装を纏うことが多かった。袿《うちき》と呼ばれる着物を何枚も重ね、季節に合わせてその色を変えることで、季節感やセンスの良さなどを競っていたそうだ。

「牛車《ぎっしゃ》の御簾《みす》の隙間からこう、重ねた裾だけ出したりしてたんだよね」

ひろが体の後ろで手をひらひらと動かす。

「あれは美しかった。宮中はいつでも花が咲き乱れ、木々が色づいているようだった」

シロの瞳が懐かしそうに細められる。

「あの花のような衣には、細かな決まり事があったように思う。どの色をどう重ねるのが美しいか、女たちはよく知っているようだった」

衣を何枚か重ねて彩りを出すことを、かさね色目《いろめ》という。

「山吹はひろたちの知っている黄色より深みがある。山吹の花の色だ。紅はわかるな、蘇芳は紅より深い赤……青はひろの知っている緑に近い」

シロの言う色を、ひろは目を伏せて順番に頭の中で思い描いてみる。

鮮やかな蘇芳や紅、山吹、淡朽葉は赤みがかった黄、濃青、淡青、また紅。さらに紅の表衣《うわぎ》を重ねて――袖に紅葉を色づかせる。

わずかずつ袖に重なった繊細な色目は、それだけで美しい秋を体現しているかのようだった。

ひろはゆっくりと目を開いた。

「きれいだね……」

想像だけで感嘆のため息が漏《も》れる。

「紅葉の女が言っていたのは、このかさね色目のことかもしれんな」

ひろは小さくうなずいた。

紅葉の彼女は薄い単衣一枚で見る影もなかったけれど、かつては美しく色を重ねて纏っていたのかもしれない。

「でも庭が汚されて荒れたから、着物があんな風になっちゃったのかな。だからきっと、悲しんでるんだ……」

彼女の嘆きが耳の奥で聞こえた気がして、ひろは胸がぎゅうと引き絞られるような思いがした。

「じゃあ、わたしにできることは何なのかな……」

そうつぶやいたひろに、シロは不満そうにため息をついた。

「ひろは簡単に寄り添いすぎだ。——人間にも、そうでないものにも」

シロの冷たい手がひろの頬を撫でた。

拓己のいない四年間、シロはいつもずっとひろの傍にいてくれた。ひろが人ではないものに手を伸ばしその想いを聞くのを見て、そうして手を貸してくれたのだ。

失敗したことも辛い思いをしたことも、何度もあったことを知っている。

シロの金色の瞳が、硬質に輝いた。

「屋敷ごとおれが沈めてやろうか？　そうすればひろを煩《わずら》わせるものはなくなるだろう？」

それは恐ろしく、そして優しい誘惑に満ちている。

シロはいつだってひろを助けてくれるけれど、その方法が人と同じだとは限らないのだ。

ひろは緩く首を横に振った。

「だめだよ、シロ」

あそこは、充の新しいレストランになるのだから。

シロは不満そうだった。

「ひろが、そんな哀しそうな顔をすることはないんだ」

ひろは人ではないものの声を聞くことができる。その想いを聞き、できれば助けたり、すくい上げたり――それが無理ならせめて、寄り添っていたいと思う。

それが蓮見神社を継ぐと決めた、ひろの決意だ。

「わたしが決めたんだから、ちゃんとやるんだよ」

そう言うと、シロは複雑そうな顔でひろに手を伸ばした。大きな手がくしゃりとひろの、長くなった髪を梳《す》いていく。

「……無茶だけはしてくれるな」

一度決めたことは曲げないひろの性格を、シロは誰よりよく知っている。

そしてひろも、祈るようにそう願ってくれるこの恐ろしい神様が、本当はとても優しいことを、ちゃんと知っているのだ。

3

その日、大学帰りに大手筋で拓己と待ち合わせたひろは、そろって充の店を訪ねた。

拓己はニットとデニムに着替えてはいるものの、傍にいるとふわりと甘い麴の匂いが漂ってくる。

仕込みの休憩中だと言っていたから、無理に抜け出してきてくれたらしかった。

臙脂色の煉瓦の小さなレストランを訪ねると、充もまた、今夜の仕込みの最中であるらしかった。

コックコートを纏った充は、髪をきっちりと後ろでくくり、他のシェフやホールのスタッフにせわしなく指示を飛ばしている。

あの時の——拓己曰《いわ》く、『軽薄な』緩くて甘い雰囲気はどこにもなく、充の傍だけ空気が引き締まって見える。

この人も若くして独立し、努力で己の城を手に入れた人なのだ。

「——ごめんね、ばたばたしてて」

コーヒーカップが乗ったトレーを手に、充は二人を端のテーブルへと案内してくれた。

キッチンからは風味豊かなスープの香りが漂ってくる。

拓己が気遣わしげに頭を下げた。

「こちらこそ、開店前にすみません」

「おれが呼んだんや、こっちこそ突然悪いな」

今朝方、充から拓己に連絡があって、暇ができたら店に顔を出してほしいと言われたそうだ。

充は拓己とひろの前にそれぞれコーヒーカップを置いてくれた。

「拓己が、こないだあの家に行ったて、報告してくれたやろ」

あの紅葉の女を、ひろと拓己も確認したこと。なんとかできることはないか、考えているとそう伝えたらしい。

充が真剣な面持ちで、テーブルに両肘《ひじ》をついて身を乗り出した。

「おれ前の家主に、紅葉について聞いてみたんやけど、あれはもともとそのうちの紅葉やないらしいんや」

ひろと拓己は、そろって瞠目《どうもく》した。

遡《さかのぼ》ること明治の頃、あの屋敷を買い取った折に、庭木が欲しいということでもらってきたものだそうだ。

「明治時代て時代が大きく変わって、市内にあった古い貴族の家も売りに出されてたらしいんやけど、あの紅葉もそこからもろたものなんやて」

「じゃあ元は、京都市内の元貴族の屋敷にあったいうことですか?」

拓己が問うと、充がうなずいた。

話はここからだ、と充が声を潜めた。

「……紅葉の寿命てそんな長いことないはずやろ。でもほんまか嘘か、あの紅葉、平安時代からずっと同じ所に生えた、曰く付きの紅葉やったらしいて……！」

ひろと拓己は顔を見合わせた。

しばらくの沈黙のあと、充がぎゅっと眉を寄せる。

「…………なんや、二人ともあんまりおどろかへんな」

「その、そういう感じだろうな、とは思っていたので……」

ひろは控えめに言うと、拓己が隣でしらっと充を見やった。

「そういう話も、わりと聞き慣れてきたいうのもあります」

充は、つまらなそうにだらりと椅子の背もたれに寄りかかった。

「ええっ、おれこの話聞いた時、あの女の幽霊見たのもあったし、ビビりまくったのに」

しばらくぶつくさ言っていた充だが、やがてひょいと身を起こした。残念そうに眉を寄せる。

「まあでも、その寿命もいよいよ終わりやね。あの紅葉もう……ほとんど葉もつけへん」

ひろは唇をぎゅっとかみしめた。

荒れ果てた庭のあの紅葉は、ひろが見てももうその最期を迎えようとしている。葉をつける力もなく、ましてあの美しい秋の衣を纏うのは、夢のまた夢だろう。

充がどこか遠くを見るように、ぽつりとつぶやいた。

「おれ、あの家に庭があって、池の中に紅葉があるて聞いた時に、絶対テラス席造ろうて思うたんや」

深まる秋を見つめながら、料理を堪能できるはずだった。

「池にも紅葉がうつって、さぞかしきれいやろうて思てたのにな……」

あの広い池にきっと逆さまに紅葉がうつったことだろう。視界いっぱいが秋の色で埋め尽くされた姿をひろも見てみたかった。

ふ、と思いついて、ひろはガタリと立ち上がった。

「……わたしも、見てみたいです」

拓己が不思議そうに見上げる。

「どうした、ひろ?」

「解決できるかどうかはわからないです。でも、あの女の人の望みは叶えてあげられるかもしれない」

あの紅葉の木はもう枯れて朽ちてしまうだろう。

けれど、せめて最期に彼女が望んだ美しい姿を、もう一度見せてあげることはできないだろうか。

時刻はすでに午後四時半を回っている。日が沈むのが早い晩秋のこの時期、すでに夕暮れが迫ってきていた。

橙色の夕焼けが、酒蔵の建ち並ぶ通りを淡く照らす。

このあたり一帯は、この光景を守るために景観保護が求められる地区だった。

左右に古くからの酒蔵が並んでいる。黒い焼き目の入った板が敷地をぐるりと囲い、どの酒蔵や居酒屋の前にも杉玉がつるされていた。

この通りを、数え切れないくらい拓己と共に歩いた。

その長い影と寄り添うように歩いていると、心を揺さぶられるような懐かしさを感じる。

清花蔵の前で、ひろは拓己と向き合った。

「わたし、ちょっと派流に寄ってくるよ。確かめたいことがあるんだ」

拓己が腕時計を見て渋い顔をする。

「今からか？　用があるんやったら明日でもええんとちがうか」

この時期の夜は思うよりずっと早く迫ってくる。ひろは少しだけ、と首を横に振った。

「……何かしなくちゃって思うの。あの紅葉の女の人のために」

悪くないアイデアだと思うのだ。だからだろうか、ひろは自分でも気が逸《はや》るのがわかっていた。

それはたぶん充の姿を見たからだ。若くして独立して、自分の店を持ち夢を広げるために全力を尽くしている。

拓己だってそうだ。伝統を継ぎながら新しい一歩を踏み出すために、いつだって努力しているとひろは知っている。

だから——ひろも自分のできることをしたいと、そう思う。

自分の、人ではないものの声を聞く力が、縁を結ぶことを知った。

引っ込み思案で人と話すのが怖かった自分が、この力を通じて誰かを助け、思いを繋ぐことができると知ったのだ。

なおも拓己が渋っていると、ひろのコートのポケットからシロがしゅるっと顔を出した。

「跡取りが行かないのなら、おれがひろと共に行こう」

途端に、拓己が顔をしかめた。

「なんや白蛇、お前ついてきてたんか」

「赤沢とやらがどんなものか見に来ただけだ。跡取りでは信用がおけん。あんな軽薄そうな男をひろに近づけるな」

シロがするすると器用にコートを伝って、ひろの肩口に落ち着いた。

「どうする、跡取り？　おれはお前より役に立つぞ」

瞳に硬質の光をきらめかせて、シロがにやりと笑う気配がした。

――秋の宇治川派流は、春夏に比べると水量が少ない。いつもの半分ほどの深さでゆったりと流れている川面に、橙色の紅葉がゆらゆらと浮いている。

「日ぃ暮れる前には帰るからな」

結局ついてきてくれた拓己が、不機嫌そうにそう言った。

拓己が過保護なところは昔から変わらない。大学時代はしょっちゅう夜桜や紅葉を見物しに派流に下りていたのを、ひろは黙っておくことにした。

派流を遡るように歩くと、やがて左右から紅葉の木が張り出しているのが見えた。日をたっぷり浴びるためだろう。紅葉の枝葉は重ならないように、横に広く広がっていくのだ。

小さな葉が力強く五指を伸ばし、空を星形に切り取っている。まだ紅には染まりきっておらず、上に近い方から黄色と橙色、そして根元の方には涼しげな緑が残っていた。

夕暮れの橙色が、その色をすべてとかして混ぜ合わせ、幻想的に揺らめいている。

「……本当に、十二単《ひとえ》みたいだ」

ずっと昔から人はこの光景を歌に、絵に、文字に、そして衣に写し取ってきたのかもしれない。

あの紅葉の彼女が纏っていた衣もこれほど美しかったのだろうか。拓己も目を細めてその色彩に見入っている。

「平安時代のひとも、こうやって庭とかで紅葉を愛《め》でてたんやろうな」

紅葉の元の持ち主である件の貴族も、この美しさに魅入られて庭に植えたのだろうか。

拓己がそう言うと、シロがふ、と笑った気配がした。

「庭に紅葉を植えるか。ならその貴族とやらは、ずいぶん風変わりな趣味を持っていたらしい」

「昔は違ったの？　紅葉ならうちにもあるよ？」

ひろの蓮見神社にも紅葉の木が植えられている。

神社や寺だけにとどまらず、広い日本庭園や個人宅でも紅葉を植えている所は多い。公園でも河原でも、今は桜と同じでどこでも見られる風景だと思っていた。

「紅葉は狩るというだろう」

かつて紅葉は、桜よりずっと馴染みのない木であったそうだ。

紅葉を見るためには、狩りと同じでわざわざ山へ入る必要があった。

だから紅葉『狩り』なのだと、シロは言う。

「じゃあ、その貴族の人は、わざわざ山から紅葉を運んで庭に植えはったんやな」

拓己が問うと、シロがそうだろうな、とつぶやいた。

「人の邸に紅葉を植えたという話はあまり聞かないな」

紅葉狩りが、紅葉『見物』として一般的になったのは、もう少しあとの時代だそうだ。

ああそうか、とひろにはなんとなくわかった気がした。

つまりあれは、千年も前の貴族の誰かが、わざわざ山から植え替えた紅葉の木ということになる。よほど美しく、思い入れのある木だったに違いない。

大切に扱われ、長い時間を過ごしてきた。

想いが込められたものには魂《たましい》が宿ることがある。人形や置物や刀や、そういうものをひろもたくさん見てきた。

あの紅葉も、きっとそうだ。

時代を超えて生き続け、風変わりな貴族に愛されたその美しい秋の衣を、見せ続けてくれていた。

だがそれももう終わりを迎えようとしている。

シロたちのようなものは、祈りや想いを失うと力も失っていく。

長く放置され誰にも望まれず、荒れた庭と澱んだ池の中島で立ち続けたあの木は、今、秋の装いを纏うこともできずに死んでしまおうとしている。

ひろは一つ息をついて、足元を見下ろした。

そこにはまだ鮮やかに色づいた紅葉の葉が、降り積もり重なっている。

「……橙色、山吹色、紅。それに、緑もちゃんとあるよ」

京都の中でも伏見は南の端にあたる。紅葉は北の貴船《きぶね》や比叡山《ひえいざん》から始まり、北から南に駆け下りるように、順に色づいていくのだ。

ここにはまだ色づく前の青い紅葉も残っている。ひろはそれを確かめたかった。

「これで、きれいな衣を着せてあげられる」

ひろは派流にひらりと降る、色とりどりの紅葉を見やって、決意新たにそうつぶやいた。


――寒造りの仕込みが始まった酒蔵に、丸一日の休日は存在しない。他の大きな蔵ならわからないが、少なくともこぢんまりとした零細企業である清花蔵はそうだ。

その日、拓己は昼に蔵を抜け出して、昼食もそこそこに派流へ向かった。無理やり取ったこの長い休憩の分は、夜に返すと父には伝えてある。

宇治川派流では、ひろが先に作業を始めているはずだった。

派流の紅葉はこの間よりもぐっとその色を深めている。半ば散りかけの桜紅葉も淡い橙に染まって、日の光を透かしていた。

秋の一瞬だけ現れるこの鮮やかな色彩を美しいと思うことはあるけれど、拓己にとってそれはあまり重要ではない。

けれど拓己の大切な女の子は、どうにも妬《や》けることに、この美しい光景に夢中なのだ。

派流の岸辺にひろが立っていた。手には紅葉の落ち葉を何枚も抱えていて、傍には小さなビニール袋が置いてある。ここ何日か、ひろはこうやってあちこちで少しずつ紅葉の落ち葉を拾っていた。

ふいに手を止めては、ぼんやりと空を見上げている。

あれはきっと、青い空に映える朱色の紅葉に見入っている。わずかに目を細めたのは、木々を通り抜ける風の音、足元でかさりと鳴る落ち葉の音を楽しんでいるに違いなかった。

――強い風が吹いて、足元の橙色を巻き上げる。頭上の紅葉が秋の陽光に透けて複雑に織り込まれた色彩が視界の中で揺れた。

ひろが一つ瞬《まばた》きをして、こちらを向いた。

「――拓己くん」

その真ん中で、愛おしい女の子が笑っている。

おれの名前を呼んでくれる。

それだけでたまらない気持ちになった。

ひろと拓己の関係性は、今年の春、確実に一つ変わった。

ひろは確かに拓己のことを好きだと言ってくれたし、拓己も同じ気持ちを返したのだとそう思う。

けれどそこから先に、どうしても踏み込むことができない。

陽光の中で笑うひろに手を伸ばそうとして、拓己は躊躇うようにその指先を震わせた。

――拓己とひろは、十五年前の灼熱《しゃくねつ》の夏、地蔵盆《じぞうぼん》のさなかに出会った。水が涸れ果てて断水が行われたあの夏だ。

どうにも暑くて、蟬《せみ》の声すら力なく聞こえるほどのその日。

はす向かいの神社の境内で、その女の子はぼんやりと雀《すずめ》を眺めていた。米をひとつかみまいて、雀がこつこつとつついているのを熱心に見つめている。

あの子が神社の子だということは、拓己も知っていた。おそらく彼女の祖母である神社の女の人と、父や母は顔見知りだったから、挨拶くらいはしたことがあったはずだった。

最初は妙な子だと思った。人見知りで泣き虫で、時折ぼんやりとしている。

やがてその子が自分とは少し違う、ひどく美しい世界を見つめていると気がついた。

一人ではどこにも出かけられないような子だったから、外に連れ出してやろうと思ってその手をつかんだ。

この子が、空を見ながらだってゆっくりと歩けるように。

風の声を聞きながら、転んでしまわないように。

小さな頃は、彼女の手をつかむのになんの躊躇いもなかった。

この子の手を引いて歩くのは──守ってやるのは、自分の役目だと思っていた。

派流の陽光に目を細めながら、拓己は震える指先を隠すように握り込んだ。

「ひろ」

名を呼ぶだけで、そんな風に嬉しそうに笑うから。

あの頃よりよほど、彼女の手を握る権利があるのに。

──胸がいっぱいで、この手を伸ばすこともできない。

ひろがこちらへ走り寄ってきた。

この数日、ひろは時間を見つけては、大学や派流で色づいた葉を集めていた。色とりどりの紅葉は、すでにビニール袋二つを満杯にしていることを、拓己も知っている。

拓己が足元から適当に拾い上げた紅葉の一枚を、ひろは真剣に眺めた。

「うん。傷もないし、それにこういうちょうどいい橙色が欲しかったんだ」

「ずいぶん細かく色味を集めてるんやな」

拓己はまた一枚、紅葉を拾って渡してやる。ひろの瞳の奥が哀しそうに揺れるのを、拓己は見た。ひろはずっとあの紅葉の女のことを案じている。

「あの女の人にきれいな着物を着せてあげたいんだ」

ひろの傍にいつもいる、あの鬱陶《うっとう》しい白蛇が言うことも、拓己にはよくわかる。

ひろは人ではないものの声を聞く力がある。だからその想いを聞き届けて叶えてやりたいと、そう思っている。

拓己はいつだってそれが不安になる。高校の頃から——いや、幼い頃から本能的に、ずっとこの子のあやうさに、気がついていたのかもしれない。

危ないことには触れないでほしい。

心を寄せすぎてあちら側に引っ張られないだろうかと、怖くてたまらない。

「拓己くん、港公園の方にもまだ色づききってない紅葉があるんだ、回ってもいい？」

「ああ」

ひろは一度決めたことは曲げない、芯の強さを持っている。こちらの心配なんてどこ吹く風で、今は紅葉の女に夢中になってしまっているのだ。

一人で走り去ってしまいそうなその背を追って、拓己は紅葉の入ったビニール袋を持って、足元の枯れた葉をざくりと踏んだ。

ひらひらと蝶《ちょう》のように生きる彼女に、置いていかれないようにするので精一杯だ。

「ひろ」

手を差し出すと、ひろは途端に硬直した。妙に緊張しながら、その手をつかんで拓己はぎゅっと握りしめた。

だから拓己はただはぐれないように、その手をつかまえているしかないのだ。

4

その日は朝からしとしとと雨の降る日だった。気温が上がりきらず、今秋一番の寒さになるだろうと、今朝のテレビで言っていた。

色濃い冬の気配がする。

ひろと拓己は紅葉を集めた袋を抱えて、再び件の屋敷を訪れた。

庭に続く門を抜けて、ひろは思わず息を呑《の》んだ。

「……うわ」

相変わらず荒れ果てた庭に、禍々《まがまが》しい雰囲気が満ちている。庭全体に薄暗い影のようなものが、ひたひたと染み入っているような気さえした。

ひろは直感で理解した。

あの紅葉の木が、今、枯れ果てようとしている。

か細い声が聞こえる。


――紅、淡朽葉、山吹、濃青、淡青……美しき秋、わたくしの……。


息が詰まるほどの圧を感じる。空気は重くどろりと渦巻いていて、しとしと降り続けていた雨が、ここではじっとりと体にまとわりつくようだった。

こうなると傘は意味がない。ひろも拓己も投げ捨てるように庭の端に傘を置いた。

持ち込んだ大きなビニールの袋は三つ。拓己が片手に二つ、ひろが一つ抱えてきたものだ。それだけをしっかりとひろは抱え直して、一歩踏み出そうとした。

「ひろ、待ち。これ危ないんとちがうか」

拓己がそのひろの腕をつかんだ。

拓己の視線の先を、ひろも見た。

あの紅葉の女だ。

薄汚れた単衣は黒く染まり、髪は意思を持ってうねり逆巻いている。枯れかけた木を見上げて、女は喉の奥から絶叫した。

——あぁあああああああ!!

「——っ、うわ!」

ひろは袋から手を離して、思わず耳を塞いだ。鼓膜がはじけそうな慟哭《どうこく》が頭の芯に響き渡る。

「なんや、この声……」

拓己にも聞こえているのだろう。眉をひそめて両耳を塞いでいた。

風が逆巻く。女の乾いた唇が開いた。

——でていけ。朽ちるなら、せめてこのような姿を、誰にも見られとうない。

かつて大切に慈《いつく》しまれた美しい秋の衣。その変わり果てた姿を誰にも見られたくない、一人で朽ちていくのだと、彼女は叫ぶ。

その慟哭に呼応するように、どうと強い風が吹いた。雨粒が頬にあたって痛いほどだ。

ひろはその場でたたらを踏んだ。

「ひろ!」

拓己の腕がひろの体を抱え込んだ。力強い腕の中で、場違いのようにほっとする。

風がいっそう強くなった、その瞬間。

ひろの視界の端で、池の水が跳ね上がった。

降りしきる雨と池に浮いていたゴミを巻き上げて高く跳ねた水の柱は、紅葉の木めがけて降り注ぐ。あれだけ吹き荒れていた風が、ふいにぴたりと止んだ。

ひろと拓己のすぐ傍に、人の姿のシロが立っていた。

「己が一人嘆くのは勝手だが、その子に傷をつけようとしたな」

いつもの甘やかな声は鳴りを潜めて、冷淡で冷え切った声だった。その金色の瞳はただひんやりと硬質に輝いている。

シロは水神だ。

かつて伏見の南に広がっていた、広大な池をその棲《す》み家にしていた。都の川がすべて注ぐその池は、都の要《かなめ》でもあったのだ。

水は命の恵みであると共に、恐ろしい災害にもなる。その川と池で都を潤したシロはまた、気まぐれに雨と嵐で人の世を荒らす、恐ろしい厄災《やくさい》の神でもあった。

その身に月の光をはらんで、シロは凄絶《せいぜつ》な笑みを浮かべた。

「枯れ果て朽ちかけた老木が、その身をわきまえろ」

その手が跳ね上がったのを見て、ひろは咄嗟《とっさ》に叫んだ。

「シロ、だめ！」

拓己の腕から抜け出して、ひろはシロの腕に飛びついた。

シロが不思議そうな目で、じっとこちらを見下ろしている。

どうしてだめなのだ。これはひろにとって邪魔なものだろうと、心底本気で思っている顔だった。

シロは容赦《ようしゃ》がない。自分の大切なもの以外に興味がないのだ。

シロ自身と、たぶんひろ。そして己の気に入った美しいもの。最初はそれだけだった。

でもひろは、美しいものを愛でるシロが好きだ。

人の営みを愛するシロが好きだ。

美しい景色を、時折目を細めて眺めるシロの方が、よほど素敵だと思う。

そうやって共に過ごしてきて、シロは少しずつその興味の幅を広げ始めている。だから
ここでその力を振るわせてはいけないとひろは思うのだ。

「だめだよ、シロ」

不満そうなシロにもう一度そう言って、ひろは足元に転がり落ちていたビニール袋を拾い上げた。

怯えたように立ちすくむ紅葉の女をまっすぐに見つめる。

逆巻く風も雨も彼方《かなた》へ消え、雲の切れ目から光が差し込んだ。瞬きする一瞬の間にシロの姿がかき消える。

ひろは袋を引きずるようにして、池の前まで歩いた。

「あなたに、美しい衣を持ってきたの」

かつてその身を彩っていた秋の衣だ。

紅、蘇芳、山吹、橙、濃青、淡青――……。

すべて重ねて、深い秋が訪れる。

シロが水を跳ね上げたおかげで、池はぴかぴかに磨かれたように美しかった。

ひろはその池に、紅葉の葉を振りまいた。

集めた紅葉は、全部で袋三つ分。

池にうつる紅葉の木を飾るぐらいは――十分だ。

差し込む光が、鮮やかな水面《みなも》を照らし出す。

紅と朱、橙色、蘇芳が折り重なって深い赤を、山吹と女郎花《おみなえし》の黄色、そして瑞々しい青紅葉のコントラストが、染み入るような秋を感じさせる。

――……あぁ。

ため息のような歓喜の声が、彼女の口からこぼれ落ちた。

池にうつる彼女の姿を見て、ひろは息を呑んだ。まるで見違えるようだったからだ。

黒く長く、艶のある髪は丁寧にくしけずられ、腰のあたりで一つにまとめられている。

袿を何枚も重ねて着込み、その上には豪奢《ごうしゃ》な表衣を羽織っていた。

一番上は金糸銀糸で彩られた紅、淡い山吹に近い朽葉色、山吹、濃青、淡青……。

袖口から重なって見えるその色目は、まるで紅葉が降り積もる秋の庭のようだった。

池の中で彼女は、化粧の施された美しい顔で笑った。

5

定休日のレストランの店内に、昼下がりの柔らかな陽光が揺れている。

ひろの目の前には、充からの報酬である、かためプリンを使ったプリン・ア・ラ・モードがどん、と置かれていた。

アーモンド型をした背の高いガラスの皿に、プリンが二つ。一つは黄金色の、もう一つは濃厚なチョコレートプリンだ。生クリームをたっぷりと絞ったその横には、これも充手作りのアイスクリームが添えられている。上にはウエハースが一枚。

カットされたメロンとオレンジ、パイナップルがそれぞれ一切れずつ。そして黄金プリンの上には、カラメルと真っ赤な蜜《みつ》づけのさくらんぼだ。

お手本のようなプリン・ア・ラ・モードに、ひろは柄にもなくはしゃいでいた。

「プリンが、二個も！　それに前よりずっと豪華です」

目の前で頬杖をついた充がにこりと微笑む。

「今回ひろちゃんには、えらい世話になったしな。報酬も上乗せいうことで」

「ほんまに女の人には調子ええですね」

隣でコーヒーをすすっていた拓己が、じっとりとした目を充に向けていた。

銀色の柄の長いスプーンで、プリンと生クリームをすくう。口の中で味わい深いカスタードと香ばしいカラメルの香り、甘さ控えめのクリームのコクが広がって、幸せの味がじんわりと染み入ってくる。

アイスはさっぱりとしたバニラで、濃厚なチョコレートプリンと最高の相性だった。

「美味しいです、赤沢さん！　生クリームと一緒に食べると、また違った味になります！」

ひろが興奮気味に述べた感想を、充がいちいちリングノートにメモしている。

「うち、今度からカフェタイムも営業する予定なんや。せっかくやし、そのプリン・ア・ラ・モード・スペシャルもメニューにしよかな」

若きオーナーシェフはいつでも勉強熱心である。

ひろが大きなプリン・ア・ラ・モードをすっかり食べきってしまった頃。充がぱたりとノートを閉じた。

「――あの紅葉、枯れたよ」

しん、とレストランの中に沈黙が満ちた。

あの日からしばらくして突然、幹の半ばから朽ちるように崩れ落ちたという。今まで立っていたのが信じられないほどの状態だったそうだ。

「……そうですか」

ひろはコーヒーのカップを置いてうつむいた。その視線の先に、充がスマートフォンの画面を滑らせた。

「でも、枯れた木の傍からこれが見つかった」

ひろと拓己は、そろってその画面をのぞき込んだ。

それは朽ちた紅葉の木の写真だった。ぼろぼろに砕けた幹がおがくずのようにあたりに散らばっている。崩れ落ちた、という充の言葉通りだった。

だかその根元から、ひょろりと伸びているものがある。

細く頼りないが、瑞々しい生まれたての幼い木だった。

「これ、紅葉の木ですか?」

拓己が目を丸くして言った。充がうなずく。

「ちゃんと育てれば、またきれいな紅葉になるんとちがうかな」

いつかまた、この木が成長して美しい葉が茂り、秋にかさね色目の衣を纏うようになった時。あの女はまたその姿を見せてくれるだろうか。

「おれのレストランで、ちゃんと育てていくから」

充の言葉には深い決意があった。

あの家には業者が入り、荒れ果てていた庭はすっかり落ち着いている。すでに改装も始まっていて、来年早々には店をオープンさせるそうだ。

広いテラスで四季の美しい庭を眺めながら食べる充の食事は、きっと最高だとひろは思う。

充の優しい目がひろを見つめた。

「ありがとう、ひろちゃん」

目の前のプリン・ア・ラ・モードも、充の言葉も、ひろが、ひろの力と周りの助けで得たものだ。

それがたまらなく嬉しくて、誇らしい。

ひろは唇を結んでうなずいた。

「また、何かあったら、蓮見神社へ来てください」

隣で拓己が肩を叩いてくれる。よくやったと、そう褒めてもらえたような気がして、ひろは顔をほころばせた。

清花蔵の客間で、ひろはシロを膝《ひざ》の上に乗せて、庭に広がる光景をじっと見つめていた。

晩秋に沈む庭はひどく静かで、井戸のポンプから花香水がぽたぽたと落ちる音すら聞こえてきそうだった。

廊下を歩く足音に気がついたのだろう。うとうととしていたシロがはっと鎌首をもたげた。

拓己が盆に、香りたつほうじ茶を乗せて、部屋に入ってくる。

その盆の上を見て、シロがあからさまにがっかりしたのがわかった。盆の上には湯気の立つ茶が三つ乗っていただけだからだ。

「昼に大きいプリン食べてるやろ。二個も。お腹空《なかす》かせへんと、晩ご飯入らへん」

清花蔵のお茶には、いつも美味しいお茶菓子がついてくる。期待していた自分に気がついて、ひろは神妙な面持ちでうなずいた。

確かにプリン二つにアイスクリームに生クリームの組み合わせは、幸せの味だがあとが怖い気もする。

膝の上で、シロが不機嫌そうに伸びをした。

「おれは食べていない」

ひろがスマートフォンで撮った、プリン・ア・ラ・モードの写真を見て、自分も食べたいと暴れまわったのはついさっきの話だ。

結局充の店のカフェタイム営業が始まったら連れていくと、約束する羽目になった。

「白蛇なんかどうやって連れていくんや。駆除されるに決まってるやろ」

拓己が呆れたように肩をすくめる。シロがきっぱりと言った。

「なら雨の日に行く」

「……お前、前から思てたけどそう簡単に人間になってええもんなんか？　もっと神聖なものとちがうんか?」

「そのぷりん、あら、なんとかというやつが、美味《うま》そうなのが悪い」

シロがつんとそっぽを向いた。

拓己とシロの軽口の応酬が、ひろは嫌いではない。傍で聞いているといつもおかしくて笑ってしまうのだ。本当は仲がいいコンビだと思うのだが、そう言うといつも、シロからも拓己からも反対の声が上がる。

玄関先から声がして、拓己が立ち上がった。蔵人の野太い声が拓己を呼んでいる。

「若、店表にお客さん来たはるて！」

「ありがとうございます！」

拓己の声に、ひろはびくっと肩を跳ね上げた。腹の底から響く声は蔵人のしっかりとしたそれに似てきている。

立ち上がって駆けていった拓己を、ひろは見送った。

その肩も胸板も、腕も、心なしかこの半年で、前よりもしっかりとしている気がする。

拓己はこうして少しずつ、酒蔵の人になっていくのだろうか。

いつも忙しそうで、こうやってゆっくり一緒にお茶を飲む機会も減ってくるのかもしれない。

それは拓己にとってはとても大切で、けれどひろにとっては少し寂しいことのような気がした。

ひろは飲みきったほうじ茶の湯飲みを盆に乗せて、シロを自分の肩に乗せた。今日は祖母が早く帰ってくる日だから、夕食は蓮見神社なのだ。

湯飲みを台所で洗って食器棚に戻すと、そのまま玄関先から店表へ回る。拓己の用が済んでいれば一言挨拶して帰るつもりだった。

店表に回ったところで、ひろは足を止めた。開け放された店の扉、暖簾の向こうで拓己が誰かと話しているのが見えたからだ。

拓己が真剣な顔で、す、と手を伸ばしたのが見えた。

ひろの胸の奥がざわりと騒いだ。

——それは、直感だった。

この先はたぶん見ない方がいい。

しばらく躊躇っていたけれど、ひろは確認したいという誘惑に打ち勝てなかった。

暖簾の向こうをそっとのぞき込む。拓己の向こうに、淡い茶色の髪が見えた。

拓己と話しているのは、きれいな女の人だった。

ひろの知らない人だ。

栗《くり》色の髪を、肩のあたりで外向きに跳ねさせている。ひろよりいくつか年上だろうか。

派手な装いではないけれど、大人っぽくて美しい人だった。

不安げに瞳を揺らせて、両手を胸の前で握りしめている。

何か悩み事があって、拓己に相談しに来ているに違いなかった。

拓己の手が彼女の肩を叩く。それだけでほっとしたように、その人は顔をほころばせた。

その気持ちはよくわかる。

拓己の優しさは、いつだって人の心をあたたかく包んでくれると、ひろも知っている。

「……ひろ」

気遣わしげな、そうしてどこか冷たいシロの声がした。

「大丈夫だよ」

あたたかかった心の中に、ぽかりと穴が空いたみたいだ。腹の底がじりじりと苛《さいな》まれている気がする。

大丈夫だ、何でもないと自分に一生懸命言い聞かせる。

きっと仕事の話か、拓己が悩み事を引き受けているだけだ。いつものことで、何か特別なことがあるわけじゃない。

拓己は誰にだって優しい。平等に手を伸ばし、大丈夫だと支えてくれる。

でもその拓己の優しさが、今のひろには見ていられないほどに腹立たしかった。

二　縁と呪い

1

ひろたちの研究室からは、中庭の大銀杏《おおいちょう》の木を見ることができる。ずんぐりとしたその大銀杏は、どうやらずっと以前からそこにあるようで、創設以来この大学の名物になっていた。

十一月の中頃まで美しい黄金色に色づいていた銀杏の葉はすべて落ち、冬の冷たく澄んだ青空に、ぐんと力強くその枝だけを伸ばしている。

それだけでも美しい彫刻のようだった。

その銀杏をじっと見つめているうちに、ひろは目の前の窓ガラスがひどく煩《わずら》わしく感じた。ほぼ無意識に窓を開ける。

外から冷え切った空気が吹き込んできて、暖房であたたまった部屋の空気をかき回した。凍りつくような風が心地よい。

青空と銀杏のコントラストが一段と鮮やかになった気がして、ひろは満足そうに顔をほころばせた。

「――ひろ先輩！　寒いです」

ずかずかと葵《あおい》が駆け寄ってきて、ばんっと窓を閉めた。

ずいぶんと長い間、ぼんやり外を眺めていたらしい。部屋はすっかり冷え切っていて、研究室の面々が恨みがましそうな目をこちらに向けている。

「……ごめんなさい」

葵が腰に手をあてて、じろりとひろを見上げた。ひろも背の高い方ではないが、葵はさらに小さい。猫のような目が呆《あき》れたように細められた。

「何してはったんですか」

「……銀杏の木が、きれいだなって」

研究室の面々は、こういうひろのマイペースさにもう慣れてしまっている。そもそも研究室には変わった人間が多いので、窓を開けてぼんやり自然を眺めていたぐらいでは、まだまだ普通であるという認識だ。

真面目にいちいち取り合ってくれるのは、研究室ではもう葵くらいのものである。

「ひろ先輩、時々ぼんやりしてるから、風邪とか引かんように気ぃつけてくださいね」

しっかりものの葵にとってひろはすでに、世話を焼かねばならない先輩カテゴリの上位に位置しているらしい。

「はい、すみません……」

「それにぼんやりしたはる暇ないですよね。年明けのゼミ発表、ひろ先輩からですよ」

ひろははっと顔を上げた。

「全然まとまってないんだった……！」

学部生との合同ゼミだから、院生であるひろは一段レベルの高い発表を求められるのが必至だった。

特にひろを担当してくれている民俗学の教授は、どれだけ真面目に授業に出ていても、研究に一定の成果がなければ単位をくれない人だ。

ひろは慌てて、本棚から目をつけていた本を二冊抱えて席に戻った。

葵が机に乗り出すように、ひろの手元を眺めた。

「ひろ先輩の研究テーマって、京都の伝承についてなんですよね」

ひろはうなずいた。

具体的には、京都に古くから伝わる伝承や言い伝え、御伽噺《おとぎばなし》や昔話の類似性を探り、体系化することだ——と、表だってはそういうことにしている。

意外だよな、と別の院生からからかいの声がかかった。

「三岡《みつおか》はそういう、幽霊とか妖怪とか怖がりそうやのに」

「学祭のお化け屋敷もめちゃくちゃ怖がってたやん」

ひろは曖昧《あいまい》にうなずいた。

お化け屋敷やホラー映画は確かにひろの苦手な部類だ。突然わあっと驚かされるし、ふいに血が出たりグロテスクな映像が挟まったりするからだ。

だが――本当の幽霊や妖怪の類《たぐい》、人ではないものは、ひろにとって隣人と同じだった。

歌う桜、風に混じる木々の話し声、囁《ささや》くように愛を交わす花たち――そして小さな白蛇《しろへび》の水神は、友だちのいなかったひろにとって、話し相手で遊び相手でもあったのだ。

民俗学を選んだのは、蓮見《はすみ》神社を継ぐと決めたから、自分がこれから触れて関わっていくものの正体を知りたいと思ったのだ。

ここは古都、京都。

千年の都に渦巻く恐ろしく、美しく、人の理《ことわり》とは違うものたちと関わっていくのだという、ひろの覚悟に他ならなかった。

研究室の窓から淡い夕日が差し込む頃合いになって、ひろはようやくノートパソコンをぱたりと閉じた。無意識にため息がこぼれる。

いつもなら帰る時間だが、今日はどうしてもそんな気分になれなかった。

「ひろ先輩、元気ないですね」

視線を上げると、葵がこちらを見つめている。

「そうかな。発表で緊張してるのかも」

葵が丸い目をすっと細めた。

「──彼氏さんですか」

ひろの手がぎくりと止まった。

ひろの頭をずっと占領しているのは、先日、清花蔵《きよはなくら》で拓己《たくみ》と話していた女性のことだった。

きれいな人だった。落ち着いていて理知的で、大人の雰囲気がある人だった。拓己とは何の話をしていたのだろう。彼女はとても落ち込んでいて、拓己が慰めるように──その肩を叩いていたように見えた。

その話を聞いた後輩は、まったく容赦《ようしゃ》がなかった。

「──え、それって浮気やないですか」

「……浮気……」

ひろが呆然《ぼうぜん》とつぶやく隣で、別の院生が呆れた声を上げる。

「波瀬《はせ》、やめてやれ。三岡さんそういう冗談、信じちゃう人だから」

ひろがぐっとうつむいたままなのを見て、葵が嘆息した。

「……冗談ですよ。彼氏さん、酒蔵の跡取りなんですよね。仕事の話か何かですよ」

葵のさっぱりとした慰めに、ひろはようやくのろのろと顔を上げた。

葵の言う通りだ。あの光景に特別なことなんて何もないと、いつものひろなら思うはずなのに。

拓己が女の人と二人で話している。そんなことだけで胸が騒ぐ。

今までは拓己が傍《そば》にいてくれるだけでよかった。その手が自分に向けて伸ばされていて、時折顔を見て笑ってくれるだけで十分だった。

──けれど、いつからこんなに欲張りになったのだろう。拓己のその手は自分だけのものなのだと。そんな風に思うのはどうしてだろう。

ひろは周りに聞こえないように、ぽつぽつと葵にだけそうこぼした。

「……自分がすごく心が狭くて、嫌な子になったみたいなの」

葵はしばらく何か考え込んでいたようだったが、やがてふ、と息をついた。

「あのね、ひろ先輩。彼氏さんが別の女の人と会ってて、それで悲しい気持ちになるって当たり前やないですか。別にひろ先輩が特別おかしいってわけやないと思います」

あまりにもきっぱりとそう言われて、ひろは一瞬あっけに取られた。

「だって、好きな人が自分以外の女の人を見てるって、すごく不安じゃないですか」

葵の言葉は、ひろの胸にすとんと落ちた。

そうか、これは不安なのか。

そう実感した途端に、泣き言が口からこぼれ落ちる。

「……なんか、もうしんどいんだ」

どうしようもない焦燥が胃の底をじりじりと焼き続けている。何でもないと言い聞かせるのに、心が理性に従ってくれない。

ずっと同じことばかり考え続けて、ひどく疲れていた。

しばらく宙を睨《にら》んでいた葵が、何かを思いついたように一人うなずいた。

「——ひろ先輩、わたしの友だちと会ってみませんか?」

葵が机の上にスマートフォンの画面を差し出した。

画面には、SNSの投稿画面が表示されていた。女の子が四人写っていて、葵が指した、一番手前の子が不自然に手を伸ばしているから、彼女の自撮りなのだろう。

くるりと頬《ほお》に向かって巻かれた淡いブラウンの髪、アプリで加工しているのだろうか。目が妙にぱっちりとして見える。

アカウント名は『Saya』。

「後輩なんです。今年入ってきた一年生ですよ」

本名は加藤咲耶《かとうさや》、学部は教育学部だというから、文学部である葵の直接の後輩ではない。

一般教養の授業は学部を越えて選択できるから、そこで知り合ったのだという。

葵が妙に得意げな顔で言った。

「この子、恋愛の神様って呼ばれてるんですよ」

「恋愛の神様？」

ひろは思わず聞き返した。

「はい。デートとか告白とか、咲耶ちゃんに相談すると的確にアドバイスがもらえるからって、わりと評判なんです」

「へえ……そうなんだ。すごいね」

ひろとしては気のない相づちを打ったつもりだった。だが視線は画面に釘付けになっている。

我に返っておそるおそる顔を上げると、にやにやと笑う葵と目が合った。

「紹介しましょうか、ひろ先輩。咲耶ちゃんのアドバイスは的確ですよ」

「……恋愛の神様の、アドバイス」

ひろはじっと画面を凝視しながら、ふわふわとつぶやいた。周りの院生から再び呆れた声が飛んでくる。

「波瀬、お前そのうち三岡さんに、怪しい壺《つぼ》とか売りつけるんとちがうやろな。信じて買っちゃうタイプやぞ、三岡さん」

「買いません！」

ひろはむっと言い返す。

葵が画面を閉じてひろに向き直った。

「——あのね、先輩。不安になるのは自信がないからやと思います。自分と彼氏さんの関係に、自信がないんですよ」

葵の言葉は妙に説得力があった。ひろは自分でも知らず知らずのうちに、顔を上げて葵の方に身を乗り出している。

「恋愛の神様なら、きっと解決してくれると思います」

もしかしたらひろも、拓己との関係に自信が持てるようになるかもしれない。

そうしたら何があっても動じることなく、夢と仕事に邁進《まいしん》する拓己を心から応援できる、ひろの思い描く理想の彼女になれるのかもしれない。

目の前の葵が頬杖をついてにっこり笑った。

「どうしますか、ひろ先輩」

なんだか葵にしてやられたようで悔しい。けれど今のひろには、その『恋愛の神様』とやらが救世主に見える。

散々迷った末、ひろはもごもごと口ごもりながらうなずいた。

その日は十二月にしては、十五度を超えるやけにあたたかな日だった。伏見《ふしみ》の深草《ふかくさ》にあるキャンパスは、学生たちで賑わっている。

ひろと葵は、図書館前のテラスで咲耶と待ち合わせた。冬には人気《ひとけ》のないこの吹きさらしのテラスも、冬休みや卒業旅行の相談をする学生たちで今日は大盛況だ。

咲耶は、今年の春に高校を卒業したばかりの一年生で、淡いブラウンの髪を今日は後ろで一つにまとめていて、襟《えり》ぐりの広くあいた白いニットを着ていた。顔立ちにはまだどこか幼さが残っていた。

話すことの好きな気さくな少女で、初対面のひろにも気兼ねなく話しかけてくれる。人なつっこく、ものの十分で『三岡先輩』から『ひろ先輩』へと呼び方が変わり、ひろも『加藤さん』から『咲耶ちゃん』へと修正された。

初対面の人と話すのが苦手なひろにとって、咲耶の人柄となれなれしすぎない、けれど親しみのある距離の取り方がありがたかった。

しばらく何でもない話を挟んだあと、ひろは拓己のことをぼそぼそと相談することにした。間に葵が時々注釈を挟んでくれる。

「――つまり、もっと恋人っぽくなって彼氏さんとの関係に自信を持ちたいと」

咲耶の言葉に、ひろはおずおずとうなずいた。

「……変な風にわがままになって、拓己くんの邪魔にはなりたくないの」

「本当に、彼氏さんのこと好きなんですね」

ひろはぐうっとうつむいて、それでも小さくうなずいた。あたたかいとはいえ冬のさなかに、変な汗が背中を伝っている。

咲耶がわかった、というように何度か力強くうなずいた。

「わかりました。あたしに任せてください！　一緒にがんばりましょうね！」

大変心強くてありがたいと思うのだけれど、咲耶も葵も、歩き始めた幼児を見つめるような、妙に微笑《ほほえ》ましいものを見るような目をこちらに向けている。

自分の方が年上なのに、とひろはなんだか情けなくなった。

「――それで、ひろ先輩が思う恋人らしさって何ですか？」

咲耶に問われて、ひろはううん、と首をひねった。

「手をいっぱい繋《つな》ぐとかかな。すごく緊張する……」

拓己の手は好きだ。あたたかくてほっとする。大人になった拓己と手を繋ぐのは緊張するから、もっと自然にできるようになると嬉《うれ》しいと思う。

「それから？」

　咲耶に続けざまに問われて、ひろは慌ててつけ加えた。

「あとは、一緒にご飯を食べたり」

「あとは？」

「ええ……ううん、と……一緒に散歩したりとか」

　でもそれだと、今までとあまり変わらないような気もする。

　小さい頃は拓己にたくさん手を繋いでもらった。食事も散歩も今だって、そしてこれまでだってたくさんしている。

　彼氏と彼女になるということは、お互いが特別になるということで、だとするとこれまでと何が変わるのだろう。

　……どうなるのが、正解なのだろう。

　ぐるぐると考え込んでいるひろに、咲耶が大きなため息をついて、くるっと隣の葵を見やったのがわかった。

「葵先輩、わかりました。ひろ先輩は恋愛経験値がゼロです」

「そうやねん」

　葵が重々しくうなずいて、紙パックのカフェオレにストローをさした。咲耶の前には同じメーカーの紙パックのレモンティーが置かれている。大学のコンビニで、相談料代わりにひろが買ってきたものだった。

　咲耶が深いため息をつく。

「付き合って半年経《た》って、まだ手を繋ぐのにドキドキしているとなると、先がかなり思いやられますね」

　葵がずずっとストローでカフェオレを吸った。

「ひろ先輩は高校の時に初めて片思いしてて、卒業の時に告白したら、そっから今の彼氏さんに返事を四年保留にされてたてん」

「四年!?」

　咲耶のかわいそうなものを見るような目が、ひろの方を向く。この四年半でずいぶん見慣れた視線だった。葵の真剣な声が続く。

「ひろ先輩はその返事を四年待ってたのもあって、恋愛については初心者以下やと思う」

　咲耶がなるほどと相づちを打った。

「じゃあデートとかもあんまり行かないんですか？　メッセージとか電話で時間決めて、待ち合わせてお出かけとか」

　ひろは自分用のほうじ茶のペットボトルを開けた。あたたかいほうじ茶が心を落ち着かせてくれる。

「そういえば、あんまりないかもしれない」

清花蔵に行けば会うことができるし、拓己もしょっちゅう神社に顔を出してくれる。そもそも週に何度かは家族同然に一緒に夕食を取っているのだ。

そう言うと、咲耶が複雑そうな顔をした。

「色々通り越して、もうほとんど夫婦ですね」

「夫婦!?」

ひろが一人、顔を赤くしたり鼓動を跳ね上げたりしている間、咲耶と葵は真面目に議論をしていた。

真剣にひろのことを考えてくれているあたり、咲耶も葵も、根は真面目なのだ。

やがて話が固まったのか、咲耶が居住まいを正してひろの方に向き直った。ひろも心なしか、ぴしっと背筋を伸ばしてしまう。

「ひろ先輩と彼氏さんは、恋人同士を通り越して、隠居した夫婦みたいになってます」

喜んでいいのか落ち込むべきなのか、ひろは一瞬判断がつかなかった。

「これはだめだと思います」

「……すみません」

反射的に謝ってしまう。咲耶が一つうなずいて続けた。

「幼馴染《おさななじ》みで、高校からほとんど一緒で、家にまでご飯食べに行ったりして。それから付き合い始めたってことなら、普通の彼氏彼女と逆なんですよ」

そうなのかもしれないとひろも思う。テレビや、人から聞いた恋愛話によれば、最初に告白して、付き合うという過程があって、家族と食事を取ったり散歩したりなどはその先にあることだ。

咲耶が勢い込んで、ばんっと木のテーブルを叩いた。

「まずはデートです！　まったりお散歩じゃなくて、映画を観たり水族館に行ったり、夜はちょっと高いディナーを食べたり、そういうドキドキするようなデート」

楽しそうでしょう、と咲耶がきゅうと目を細める。

咲耶の言葉には力があると、ひろは思う。真摯《しんし》に相談に乗ってくれて、それを咲耶自身も楽しんでいると、そう思うからだ。

デートか、とひろは自分もなんだか楽しくなっていることに気がついた。

いつもと違う雰囲気で、いつもと違うことを楽しむ。

それがとても魅力的に思えたのだ。

そうと決まれば行動が速いのが後輩二人である。スマートフォンを駆使して、デートコースをあちこち探し始めた。

一瞬で置いてきぼりにされたひろが、慌てて話についていこうと身を乗り出した——その時だった。


——カーン……。


ひろは顔を上げてあたりを見回した。

甲高い、硬いもの同士を打ち合わせたような音だった。

「……釘を打つ音だ」

ひろは思わず、そう声に出していた。

こんな音、聞き覚えがあるはずもないのに、それが釘を打ちつける音だとどうしてだかすぐにわかった。

その瞬間、またカーンと響いた。今度はすぐ傍だった。

「どうしたんですか?」

葵が猫のような丸い目で、怪訝《けげん》そうにひろを見上げる。ひろは慌てて首を横に振った。

この音はたぶん葵には聞こえていない。

人ではないものの音だ。

なんと言ってごまかしたものかとひろが思っていると、向かいで震える声がした。

「……ひろ先輩、聞こえるんですか」

咲耶がうつむいたまま、テーブルの一点をじっと見つめている。まるで、他の何かと目を合わせたくないかのように。


――カーン！


叩きつけるような釘を打つ音と同時に、咲耶が肩を震わせる。咲耶にもこの音が聞こえているのだと、ひろにはわかった。

葵だけが、様子のおかしくなった二人を困惑したように見つめていた。

ひろは思わず、テーブルの上にスマートフォンと共に投げ出されていた咲耶の手をつかんだ。人の手のあたたかさは、誰かを安心させることができると知っているから。

咲耶の手から、ふと力が抜けるのがわかった。

「咲耶ちゃん、この音に心当たりがある？」

咲耶はゆっくりとうなずくと、しばらくためらって、やがておずおずと口を開いた。

──咲耶は名古屋《なごや》出身だ。受験を経《へ》て京都で一人暮らしをしている。話すのも人と遊ぶのも好きで、入学して半年、学部や学科を問わずたくさんの友人がいた。

「……あたし、高校の頃からよく恋愛相談されてるんです」

大学に入学してしばらくして、咲耶のことを誰かがふざけて『恋愛の神様』と呼び始めた。キャッチーな響きが恥ずかしかったけれど悪くはないと思った。

恋の話は大好きだ。人の幸せの話だと思うから。

特に女の子は、恋の話をしている時が一番楽しそうだと咲耶は思う。

「それで、大学に入ってからは人の相談ばっかり聞いてて、結局あたしには彼氏いないんですけどね」

咲耶はわざとらしく肩を落としてみせた。

咲耶自身、高校時代に二人の人と付き合ったことがある。付き合っている間は毎日が楽しくて天にも昇る気持ちだった。

咲耶はスマートフォンの画面をひろと葵に見せた。それは咲耶の登録しているSNSの画面で、呼び出したのは二週間前の投稿だった。ひろが葵に見せてもらった写真と同じだ。

咲耶が投稿の写真にタグつけされた四人の名前のうち、『Chika』をタップする。池上《いけがみ》知佳《ちか》という友人の一人だった。

最新の投稿写真には黒髪の男の子が一緒に写っている。甘さのある顔立ちで、髪の端をワックスで跳ねさせていた。

「同じ教育学部の先輩の、菊谷直《きくたになお》さん。あたしが企画した夏休みのバーベキューで知り合ったんですけど、知佳ちゃんと今、すごくいい感じなんです」

咲耶がきらきらと目を輝かせた。写真に写っている知佳の顔はとても嬉しそうで、直という男の子もまんざらではなさそうに見える。

でも何より、咲耶が一番嬉しそうだった。

「恋愛してる子たちが、ちゃんと好きな人と付き合えて幸せそうなのが、あたし好きなんです。自分もがんばろうって思うし！」

ひろはなんだか感心してしまった。

咲耶のように、人と人との関係性の中で、上手に生きている人がたくさんいるとひろは知っている。人の幸せを自分のことのように感じたり、哀《かな》しみを共有することができる。

ひろはそれが少し苦手だ。

人との関わりはひろにとって、いつも決心と勇気と膨大なエネルギーが必要だった。

前はひろも、それで落ち込むことも多かった。もっと人とたくさん付き合う方がいい。

今の自分ではだめなのだと。

けれど今は、人との関わり方は、それぞれだと思うようになった。

狭い範囲の人と、ゆっくりと関係性を紡《つむ》いでいく方法がひろには合っていて、咲耶はたくさんの人の思いの中で生きることが合っている。

そういう咲耶の気質は、都会で生きるひろの母によく似ていた。

比べることではなく、どの場所が生きやすいかという、それだけの問題なのだ。

咲耶は四人が写った写真をこつりと指先でつついた。

「この写真、知佳ちゃんと、あと二人の友だちで縁結びツアーに行った時の写真なんです」

知佳を含めて四人とも教育学部の所属で、咲耶の友人だった。

ひろはきょとんとした。

「縁結びって、神社とか？」

「はい。清水寺《きよみずでら》の地主《じしゅ》神社と、貴船《きふね》神社に行ったんです」

「一日で？」

葵が目を見開いた。清水寺は東山《ひがしやま》、貴船は京都の北の端で一日で回るのは相当な強行コースだ。咲耶が軽く笑った。

「朝に集合すれば、午前中に清水寺で午後は貴船ってコースで十分時間足ります」

何度も同じコースを『縁結びツアー』として紹介しているのだろう。清水寺の地主神社も、貴船神社も縁結びのパワースポットとして有名なのだと、咲耶は力説した。

「パワースポットに行くだけじゃなく、一緒に歩き回って話を聞くのが目的なんです。ほら、恋愛してる子ってたくさん喋《しゃべ》りたいし、聞いてほしいって思うから」

間にカフェやランチを挟んで、咲耶も三人の話をたくさん聞いたという。

だが今まで楽しそうだった咲耶の表情が、ふいに暗く陰《かげ》った。

「……でも、それからなの」

カーン、とどこかでまた、甲高い釘を打つ音が鳴った。

あの『縁結びツアー』の日から、時々夢を見るのだと咲耶は言った。

「どこかの暗い場所……たぶん森だと思うんだ。そこで女の人が、太い木に釘を打ってる。それがカーン、カーンって、妙に響くんです」

最初、女の格好は薄暗くてよくわからなかったと咲耶は言った。

夢を見る頻度《ひんど》は少しずつ増えていった。

それにつれて女の姿もはっきりしてきた。

女は、およそ人間とは思えない姿をしていた。

白い着物に、ぞろりと長く伸ばされた黒い髪。頭には角のようなものがあり、そこにろうそくが灯《とも》っている。

目と口の周りは紅《べに》で縁取られ、着物からのぞく肌はくすんだ赤色に塗りつぶされている。口には火のついた細い松明《たいまつ》を横に咥《くわ》えていた。

右手に金槌《かなづち》を、左手に釘を持ち、女は夢の中で咲耶に近づいてくる。

ちょうど、昨日のことだと咲耶は言った。

「顔がわかるぐらいまで、近づいてきたんです。近くで見るとよくわかったんだけど……目は血走っててぎょろっとしてた」

息が触れるほど近づいてきた女は、ふいに咲耶に向かって手を伸ばす。

爪が割れ血の滲《にじ》んだ指先に触れられそうになって——そこで咲耶は、やっと目が覚めた。

じっと話を聞いていた葵が、傍で乾いた笑い声を上げた。

「いや、そんなん嘘《うそ》でしょ咲耶ちゃん。冗談上手《うま》すぎやわ。ひろ先輩ってそういうホラー、あかんのやって……」

咲耶が半分泣きそうな顔で葵から目を逸《そ》らした。そうだよね、と消え入りそうな声でつぶやく。

「あたしだって気のせいだって思うんです。でも、怖くて……」

咲耶が声を引きつらせながら、それでも気丈に顔を上げた。

「変な話しちゃって、ごめんなさい」

ひろは首を横に振った。

震える咲耶の指先を見てひろは確信していた。

この音も女の夢も、咲耶自身は気のせいだと思っていない。今起きていることを本当に怖がっているのだ。

ひろはテーブルの上に乗せられた咲耶の手を、もう一度そっと握った。

「わたし今、蓮見神社ってところに住んでるんだ。だから、咲耶ちゃんが怖がってる原因をつきとめられるかもしれない」

京都出身ではない咲耶には、蓮見神社と言われてもピンとこないようだった。代わりに葵があぁ、と思い出したようにうなずいた。

「ひろ先輩のおばあさんて、拝み屋さんみたいなことしてはるんでしたっけ」

「拝み屋さんに、お願いすることもある、って感じかな。おばあちゃんはいろんな人の相談に乗ってるだけだよ」

「それでもお願いしてみたら、咲耶ちゃん。ほら、調べてみるだけでもほっとするってこと、あると思うし」

葵は現実的ではないことをすぐに信じるタイプではないが、友人が怯《おび》えているのを気のせいだと笑うような子でもない。

ね、と葵がひろの方を向いた。

「うん。大丈夫──なんとかするよ」

ひろはしっかりとうなずいた。

……本当は、自信なんて一つもないのだ。

失敗したこともたくさんある。そもそもひろだけの力で何かを解決できたことなんて一度もない。祖母や拓己、シロの力を借りてなんとかやってこられたのだ。

それでも、目の前の咲耶の顔が本当に安心したようにほころぶものだから。

大切な後輩のために、力を尽くさなくてはとひろは思う。

その代わりに、とひろはもそもそとつぶやいた。

「あの……拓己くんとのデートプランの方を、なにとぞよろしくお願いします」

そっちはそっちで切実である。

咲耶と葵が顔を見合わせて笑った。

「任せてください。完璧に仕上げてみせます！　絶対楽しいデートにしましょうね！」

可憐《かれん》に笑う恋愛の神様は、ひろにとってはずいぶんと心強く思えた。

多忙な祖母は今日も帰りが遅く、ひろははす向かいの清花蔵で夕食の相伴《しょうばん》にあずかった。

夕食の時間になっても拓己はまだ戻ってこず、ひろは蔵人《くらびと》たちの間に交じって晩ご飯を食べると、後片付けの手伝いで台所に入った。

「ひろちゃん、洗いもん終わったら、デザート持っていき」

「ありがとうございます!」

食洗機から出した食器をひたすら拭き上げていたひろは、後ろから声をかけられて、首だけわずかに振り返ってうなずいた。

後ろでは拓己の母、実里《みさと》が冷蔵庫から大量の食材を引っ張り出している。これから蔵に詰める蔵人たちの夜食づくりにかかるのだ。

実里は少しふくよかでころころとよく笑う人だ。ひろのことを本当の娘のように思ってくれていて、いつも美味《おい》しいお茶とお菓子を振る舞ってくれる。

パワフルな人でもあって、清花蔵の経理に蔵人たちの世話、食事の用意に家の家事とほとんど一人でこなしてしまうのだ。

肉体労働が中心の蔵人たちが住み込むこの時期、実里は四六時中食事ばかり作っていた。ダンボールで運び込まれる野菜類、キロ単位で買い付けられる肉や魚の量に、見慣れたはずのひろでもぞっとする時がある。

湯飲みの最後の一つを拭き上げて、ひろは邪魔にならないように台所をあとにした。

デザートとして実里が持たせてくれた盆には、ふかふかのシフォンケーキがたっぷり四分の一切れ、大きな白い皿に乗っている。

その上には黄金色のジャムがとろりとかけられ、細い銀色のフォークが添えられていた。

ほうじ茶の湯飲みを二つ、さらに盆に乗せ、ひろはいつもの客間に落ち着いた。

窓ガラスの向こうには、すっかり夜闇《よやみ》に沈んだ清花蔵の庭が見える。

庭の外灯が灯る下に、汲《く》み上げ式の井戸のポンプから花香水《かこうすい》がしたたり落ちる。昼のあたたかさはどこに消えたのか、雪こそ降っていないもののすっかり冷え込んでいて、ひろはわずかに身を震わせた。

ひろはふかふかのシフォンケーキに銀色のフォークを入れた。ふわんと一度大きくたわんで、ふつりと一切れ切り取る。

添えられた黄金色のジャムからは、甘酸っぱい林檎《りんご》の香りがした。

実里が実家から送られてきた林檎を、たくさんの砂糖と蜂蜜《はちみつ》、レモンで一晩煮込んでいたのをひろは知っている。

「――ひろ」

視線を落とすと、いつの間にかシロが白蛇の姿で、ぱかりと口を開いている。その金色の瞳が期待に輝いていた。

「ちょっとだけだよ」

ひろは林檎ジャムをたっぷりつけたシフォンケーキを、シロの口に放り込んでやった。

ごくりと丸呑《の》みしたシロは、しばらく味わうように天井を見上げて、やがて無言でぱかりと口を開く。どうやらお気に召したようだった。

シロは一言も言わないが、実里の手作りの菓子をたいそう好んでいるらしい。

大きなシフォンケーキをシロと半分ずつ食べ終わり、ほうじ茶の湯飲みを空にしたあたりで、ひろがそわそわし始めたことに気がついたのだろう。

シロが仕方なさそうに口を開いた。

「跡取りか？」

「……ずいぶん遅いなって」

拓己は今日、若手会の会合で遅くまで外出していると聞いた。

若手会――『洛南《らくなん》の今後を担《にな》う若手経営者の会』は、月に一、二度集まって、情報交換と称した飲み会などを開いているらしかった。

そういえば拓己と話をしていたあの女性も、若手会の会員なのだろうか。

そう考えるとまたずきりと胸が痛くなる。

大丈夫だ、とひろは自分に言い聞かせた。咲耶と葵が完璧なデートコースを作ると張り切っていた。

そうしてひろが、拓己のちゃんとした彼女として自信を持つことができたら。きっとこんな思いからも解放されるに違いない。

心臓をつかまれて直接揺さぶられるような衝撃とか、胃の底にぐるぐるとわだかまる苦しさとか、手を握られただけで忙しく跳ねる心臓とか。半年経っても御すことのできない、ジェットコースターのような感情の波を、きっと攻略することができるはずだ。

咲耶のことを思い出して、ひろはシロを自分の手のひらにすくい上げた。こうするとシロの金色の瞳と、まっすぐに目を合わせることができるのだ。

ひろは昼間の、恋愛の神様である咲耶の話と、釘を打つ女の人の夢のことをそのままぽつぽつとシロに話して聞かせた。

シロが薄く笑った気配がした。

「釘を打つ女か——呪いだな」

「丑《うし》の刻《こく》参りっていうやつだよね」

ひろも民俗学を学んで四年、逸話と昔話には少しばかり詳しくなっている。

丑の刻参りといえば有名な怪談話で、憎い相手を呪い殺すために藁《わら》人形に釘を打つ女の話だ。呪いとしても怪談としてもメジャーである。

「咲耶ちゃんが、誰かに呪われてるっていうことなのかな」

「さあ、知らん」

シロは興味がなさそうだった。

こういう時のシロは、たいてい話の内容に関心がない。ひろが聞いたから答えてくれているだけだ。それがシロのような、人ならざるものの本質のようだった。

ひろはシロを膝《ひざ》において、空の湯飲みを手持ち無沙汰《ぶさた》にもてあそぶ。

「縁結びツアーをやってからだって、咲耶ちゃんは言ってたよ」

シロが酷薄《こくはく》に笑った。

「なら、妙なものと縁でも結んだんだろう」

ちらりとシロが視線を上にやった気がした。

ひろはじっと考え込んだ。だとすれば咲耶はいったい、何と縁を結んでしまったのだろう。よくないものでないといいのだけれど、とそう思った時だった。

「――ひろは、誰と縁を結ぶつもりなんや」

真後ろから声がして、ひろは飛び上がりそうになった。

慌てて振り返ると拓己がひろを見下ろしている。帰ってきた格好のままなのだろう。上等のニットにデニム、上着からはかすかにたばこの匂いがした。拓己は吸わないから、居酒屋で染みついたに違いなかった。

「おかえり、拓己くん」

「ただいま」

拓己がそのままひろの前に座った。いつもの柔らかな笑顔のはずが、どこか圧がある。

「で、ひろは誰と縁を結びたいんや？」

気圧《けお》されるようにひろはわずかに後ろにのけぞった。膝の上でシロが笑う。

「恋愛の神とやらに縁結びをお願いするんだと。跡取りお前、飽きられたんじゃないのか」

「ご、誤解だよ！」

拓己の眉がひそめられたのを見て、ひろは慌てて首を横に振った。シロがからかうようにひろの手に小さな頭をこすりつけるのを、軽く睨みつける。

「恋愛の神様は咲耶ちゃんで、縁結びは依頼なの！」

事情を説明すると、拓己はどこかほっとしたような顔でなるほど、とつぶやいた。

「貴船も清水寺の地主神社もパワースポットいうて、ようみんな行かはるもんな」

どちらも京都のガイドブックに必ず載っている観光名所だ。シロがふん、と鼻で笑った。

「清水は知らんが、あの貴船の神に何を願うのだかな」

拓己もひろもそれには苦笑するしかない。

——貴船は古くから水の神を祭神としている。その貴船に棲《す》む神と、京の都を棲み家としていたシロとは浅からぬ縁があった。

不機嫌そうによそを向くシロの頭を撫《な》でて、ひろは拓己に向き直った。

「シロが言うには、縁結びに行った先で、咲耶ちゃんが変なのと縁を結んじゃったのかもしれないって」

拓己が妙な顔をする。

「変って……恋愛の縁結びに行ったのにか？」

「お前たちは縁を結ぶことを簡単に考えすぎだ。縁とはそう手軽に結んだり、切ったりできるものではない」

シロの硬質の瞳がふと昏《くら》くなったのをひろは見た。

「縁を結ぶとは、巡り合わせを願うことだ。それが好いた男なのか己の幸福なのか——それとも、得体の知れない何かなのか——選べるほどの力が人間にあるとは思えんがな」

ぞく、とひろの背筋を冷たいものが走った。

縁とはもとより、良縁も悪縁もあるものだ。

己で選び取ることができないから、縁結びや縁切りの神社があって、神様に懸命にお願いをする。そうしてやっとわずかに力を貸してもらうような、そういうもののはずだ。

咲耶は縁結びに行った先で、何と縁を結んで帰ってきたのだろう。

「わたし、咲耶ちゃんにもう一回聞いてみるよ。縁結びツアーで、何か変なことがなかったか。それが手がかりになるかもしれないから」

「気ぃつけや」

拓己の大きな手がひろの髪をくしゃりと撫でる。その心地よさに、ひろが目を細めた時だった。

「それで、ひろはその『恋愛の神様』の加藤さんに、何を相談したんや？」

ぎくりとひろの肩が跳ねた。

「え……っと」

突き詰めれば拓己にふさわしい彼女になりたいということで、そのためにデートをしようという話になっている。もとより拓己を誘わなければ始まらないことだから、隠すこともないのだが、ひろはもごもごと口ごもった。

改めて「デートに行きませんか」と誘うのはどうにも気恥ずかしい。

心を決める準備が切実に欲しかった。

「ひろ」

拓己がじっとこちらを見つめている。

幼い頃から、拓己に隠しごとができたためしがない。

こうなったらもう後も先も同じだ。ひろは観念して、拓己をまっすぐに見つめた。

「拓己くん………デートに行きませんか」

その時の拓己の表情を、ひろはどう捉《とら》えたらいいのか迷ってしまった。

一瞬目を見開いたあと、何か言おうとしてたぶん失敗している。視線が左右に泳いで、やがて顔がじわりと赤くなっていくのがわかった。

ひろの膝の上で、シロが細い体をばたばたさせて笑い転げている。

「跡取り、お前……っ！　子どもでももう少しマシだぞ」

「やかましい、白蛇！」

口元を手で隠して、拓己が大きなため息をついた。

ひろははっとした。そういえば仕込みの季節だし、外は十二月でずいぶんと寒い。それに師走《しわす》の今、誰もが何かとばたばたする時期だ。

……拓己は――ひろとデートになんて、行きたいわけではないかもしれない。

後ろ向きなことが次々と浮かんで、ひろは矢継ぎ早に言った。

「いいんだよ、拓己くん。忙しいいし、無理して行かなくても――」

「行く」

拓己が身を乗り出して、真顔で言った。

「行くから。忙しいのはなんとかする。絶対行く」

ひろはひとまず、ほっと胸をなで下ろした。行きたくないわけではないらしい。

奇妙な沈黙が続いて、ひろも拓己も互いから視線を逸らしてはそわそわしている。シロがなんだかしらけた表情で二人を見上げていた。

「おれもついていこうか」

途端に拓己が、シロをつかみ上げた。

「絶対やめろ。邪魔や」

「邪魔しに行くに決まってるだろう。お前と二人にしておけるか」

シロが赤い舌をしゃあっと出して威嚇《いかく》している。それを畳《たたみ》に放り出して、拓己がひろに向き直った。

「どこに行くとかあるんか？」

「それを咲耶ちゃんに考えてもらったんだ。わたし一人で考えると、お散歩とかになっちゃうから」

「別にええのに。人混みとか苦手やろ」

大丈夫だとひろは言った。

拓己の気遣いは嬉しい。でもそれでは——そのままではだめだから、咲耶に頼んだのだ。

恋愛は本当に難しいとひろは思う。

いつもの拓己との距離感が穏やかで安心するのに、こうやって落ち着きすぎるのがだめなのだと、咲耶も葵も言う。

だからいつもとは少し違う、普通の彼氏と彼女らしいことをするのだ。

「楽しみだね、拓己くん」

「ああ、楽しみや」

拓己の大きな手がひろの髪を撫でてくれる。

このあたたかい手が自分の傍を離れていかないように。

ひろは恋愛の神様に、一生懸命お願いごとをしたのだから。

2

その日は朝から薄曇《ぐも》りだった。

蓮見神社の境内《けいだい》に出ると、日が照らないせいかひやりと寒い。

ひろはいつもの厚手のニットカーディガンの上にもこもこのストールを巻いて、京阪《けいはん》電車の駅へ急いだ。

ひろが待ち合わせ場所である京阪清水五条駅《きよみずごじょう》にたどり着くと、葵と咲耶はすでに改札の外で待ってくれていた。二人と話し合った結果、件《くだん》の縁結びツアーと同じコースをたどってみようということになったのだ。

葵は歩きやすいデニムにパーカー、咲耶はチェック柄のチェスターコートと、ロングスカートの組み合わせだった。

五条通を東へ進み、信号を渡るとその先で二手に分かれている。

「あたし、こっち上がりたいです」

咲耶が左を指したので、清水坂を上がることにした。

石畳をずっと上がっていくと、やがて左右に土産《みやげ》物屋や食事処《どころ》が現れる。レンタル着物の店に八《や》ツ橋《はし》の老舗《しにせ》、抹茶《まっちゃ》ソフトクリーム、唐辛子やお香、アクセサリーの専門店と、どれも観光客が楽しそうに買い物をしていた。

東山清水寺界隈《かいわい》の、その観光客の数にひろは少々気圧されていた。

「伏見も観光の人が多いけど、やっぱり清水はすごいね……」

咲耶が賑やかな参道の写真をスマートフォンで撮りながら、うなずく。

「あたしここ好きなんですよ。賑やかだし、京都って感じがして。名古屋からこっちに来た時、一番最初にここに遊びに来たんです」

咲耶がはしゃいだように先を指した。清水寺の入り口、朱色の三重塔がそびえている。

「行きましょう！」

清水寺は全国有数の観光地である。

山の中腹に、斜面に沿うように寺の本殿が設けられている。『清水の舞台』と呼ばれる広い檜《ひのき》の張り出しを持っていて、そこから京都市内を一望することができた。

中央に置かれた大香炉《こうろ》から、参拝客があげた線香の香りがふわりと漂ってくる。薄い煙がたなびく先をたどるように、ひろは舞台の一番端にふらふらと歩み寄った。

太い手すりの向こう側に、圧巻の景色が広がっている。

眼下は葉の落ちた紅葉と桜の木が、地面を覆《おお》い隠すように広がっていた。網の目のような枝を透かすように石畳が見える。左手の山の斜面を、常緑樹のこっくりとした深い緑が、さざ波のように広がっていた。

吹き抜ける風は冷たく、清廉《せいれん》としている。

「ちょっと寂しいですね。もう少し早いと、紅葉がきれいだったんですけど」

咲耶が残念そうにそう言うのが、どこか遠くで聞こえた。

咲耶はあまり景色や自然に興味がないのかもしれない。葵と二人でスマートフォンで写真を撮ったあと、つまらなさそうに舞台の上をうろうろしている。

ひろは、この冬独特の寂しさも好ましいと思う。

どの季節より静かで、音がよく聞こえるような気がする。

音羽《おとわ》の滝の三本の水が流れ落ちる音、枯れた木々を通り抜ける鋭い風の音、灰色にけぶる空を駆ける渡り鳥の羽音までが、耳の奥で響くような心地がした。

右を見れば京都タワーを中心とした市内が一望できる。左を見れば東山の枯れた冬景色。時を超えた狭間に立っているようなその光景に、ひろはじっと見入っていた。

「──ひろ先輩、そのへんにしときましょう」

葵にニットカーディガンの袖《そで》を引っ張られて、ひろは我に返った。

「ここは研究室やないですよ。咲耶ちゃんもいるし」

ひろは慌ててうなずいた。咲耶はすっかり退屈してしまっているようで、手持ち無沙汰にスマートフォンを触っていた。

「うわ、ごめんなさい」

ひろは慌てて咲耶の傍に駆け寄った。

ひろはこういう景色をいつまででも眺めていることができる。葵はそんなひろと世間とのバランスを取ってくれるのがとても上手だ。

誰もいない時にはひろを好きなだけ放っておいてくれるし、こうして時間を忘れて夢中になってしまうひろを、ほどよくたしなめてくれることもある。

その葵の距離感に、ひろはいつも助けられているのだ。

咲耶の案内で、清水の舞台を抜けた先を左に折れた。そこにはさらに上に上がる階段が続いていて、『地主神社』と書かれた大きな看板がかかっている。

階段を上がりきった先、境内の中に観光客がごった返していた。

観光客でも圧倒的に女性が多く、誰もが真剣にお守りを選んだり、境内にあるいくつかの小さな社《やしろ》に祈ったりしている。

この神社は京都でも有名な、縁結びの神社だった。

咲耶が得意そうに、境内を指した。

「あれが、恋占いの石ですよ！」

境内の真ん中に、丸い大きな石が二つ離れて置いてある。その間を目を閉じて歩ききることができたら、恋が成就するという占いだ。他にも願いを叶える水かけ地蔵など、どこも行列ができていて、その熱量にひろは圧倒されていた。

咲耶が力強くひろを振り返った。

「ひろ先輩も、ここでお願いごとをしておかないとですね！」

ひろは勢いよくこくこくとうなずいた。

地主神社は良縁を結びたいと願う人たちの神社だ。それは恋愛に限った話ではないが、いつの間にか恋愛成就の神社として広く知られるようになった。

ひろは縁結びの社に咲耶や葵と並んだ。咲耶がわくわくしたようにひろを見上げる。

「ここの御利益《りやく》は本当にすごいんですよ。みんな良い縁に恵まれたって言うんです」

「偶然とちがうん？」

葵はこういうところは案外ドライだ。けれど咲耶もそれは否定しなかった。

「神様が本当にいるのかは、あたし別にわかんないですよ」

咲耶が困ったように笑う。

「でも、こういうところで一生懸命お願いしたら、気持ちに勢いがついたりすることもあると思うんです。神様にお願いしたから、あとは自分ががんばるだけだ、って」

「そういうの、いいな」

葵がぽつりとつぶやいた。

「全部が神様まかせやなくて、がんばるために来てるっていうの」

ひろの前で二人の女性が熱心に手を合わせている。その真剣さにひろは胸の前で自分の指先をぎゅっと握り込んだ。

誰もが、誰かの特別になりたいと思っている。

そのためにあと一歩踏み出す勇気を、ここにもらいに来ているのだ。

ひろもその社に手を合わせた。

大好きな人のあたたかい手を思い出して、その手が離れていってしまわないように、必死に小さな勇気を願う。

それはとても尊いことのような気がした。

参拝を終えて、咲耶はひろと葵をさらに奥へと案内してくれた。

縁結びの社の前にいた時とはうって変わってどこか暗い表情で、顔をこわばらせている。

「……釘を打つ音が聞こえた時」

咲耶が己の手を握りしめたのを、ひろは見た。

「一番最初に思い出したのは、ここなんです」

地主神社の一番奥、水かけ地蔵の手前に小さな社がある。『おかげ明神』と呼ばれる社で、どんな願いごとも一つ叶えてくれるという社だった。

その奥に太い杉の木があることに、ひろは気がついた。

太いしめ縄に朱色の小さな鳥居がかけられている。ずいぶん古くからあるように見えた。

「いのり杉」とも「のろい杉」とも呼ばれる、地主神社のご神木だ。

「この杉、釘の痕《あと》があるって有名なんです」

咲耶の言葉に、葵が社の側面に回って、杉の木をのぞき込んだ。

ぼこぼことした虫食いの痕の傍に、小さな穴がいくつも穿《うが》たれている。明らかに何か鋭く細いものが刺さったような痕に見えた。

耳の奥で咲耶の傍にいた時に聞こえた、あの甲高い音が響いたような気がした。

葵がどこか気味が悪そうにあたりを見回した。

「咲耶ちゃんとひろ先輩は、釘を打つ音が聞こえてるんですよね。……ここの謂《いわ》れに関係ありますか？」

おかげ明神の傍の案内板には確かに、恨みを抱いた女の人が丑の刻参りの儀式を行い、藁人形を杉の木に打ちつけた痕だと書かれていた。

ひろはじっと耳を澄ませた。わずかに目を伏せて周りから聞こえる音に集中する。

観光客が撮る写真のシャッター音、雑談の声やきゃあきゃあという甲高い叫び声、音が密集して反響する。

ひろは肺の奥から息をついた。周りにたくさんの人がいることが、急に圧迫感となって襲ってくる。人に酔ったのかもしれなかった。

「咲耶ちゃん、聞こえる？」

ひろに問われ咲耶は首を横に振った。ひろもうなずく。

「わたしも聞こえないの」

咲耶は少しほっとしたようだった。葵が無意識のうちに北を向いていることにひろは気がついた。

「じゃあ、ここじゃなくてもう一カ所の方やってことですよね」

この山を下りて京阪電車、そして叡山《えいざん》電車に乗れば案外すぐに着いてしまう。

水の神を祀《まつ》る貴船だ。

足早に地主神社の階段を下りる葵と咲耶のあとを追いながら、ひろはふとご神木を振り返った。ここからは社に遮《さえぎ》られて見えないが、穿たれたあの小さな穴の深さが目に焼きついている。

あれはだれかの恨みの痕なのだろうか。

吹き抜けた風はどこか哀しい気配を纏《まと》っていた。


清水五条駅から京阪電車に乗り、終点の出町 柳《でまちやなぎ》駅へ。ひろたちはそこから叡山電車に乗り換えた。

窓の外は街中から、徐々に鬱蒼《うっそう》とした山へと変わっていく。

「やっぱり電波悪いな……」

咲耶が不満そうにスマートフォンをぱしぱしと叩いている。読み込みに時間がかかっていたのだろう。

やっと表示されたらしいＳＮＳの画面を見て、咲耶が目を見開いた。

「見てください！」

興奮気味に見せてくれたのは、彼女の友人である『Chika』の投稿だった。最新の投稿は今朝――タイトルは『彼氏ができました！』。

「知佳ちゃんと直先輩、付き合い始めたんだって！」

菊谷直は教育学部の先輩で、知佳の片思い相手だったはずだ。ひろと葵も思わず、おおっと顔を輝かせた。

「やっぱり縁結びの御利益があったんです。知佳ちゃん、本当に一生懸命にお願いしてたんです。だから……よかったなあ」

咲耶が『いいね』を押して、スマートフォンをポケットにしまい込んだ。

ごと、ごと、と電車は鬱蒼と茂る木々の間を抜けていく。昼間だというのに薄暗く、無理やり山へ分け入っているような感覚を覚える。

その光景に見入っていたひろは隣で咲耶がぽつりとこぼしたのを聞いて、我に返った。

「――……あたしも、ちゃんとお願いしておけばよかったな」

　葵が咲耶の方を向いた。

「咲耶ちゃんも、叶えたいお願いごとがあったん？」

「そうですね。あたしも勇気が欲しかったのかも」

　今日はきれいに外に跳ねさせている咲耶の髪が、うつむいたその顔を隠した。

「……人には勇気出してがんばれって言うのに、自分だと全然だめなんですよ。好きな人に好きって言うの……振られたらどうしようって思うと怖くなっちゃう」

　ひろは少し意外だった。恋愛の神様と呼ばれるぐらいなのだ。自分の恋愛も飄々《ひょうひょう》とやってのける人だと思っていたからだ。

　でもそれが当たり前なのかもしれない。人のことは冷静に見ることができても、自分のことになるとままならないものなのだ。

　ひろは咲耶の肩をとん、と叩いた。

「だから、誰かに助けてもらうんだよ」

　それが友だちのアドバイスでも、神様からもらう小さな勇気でも、なんだって構わないのだ。

「そうかもですね」

咲耶は気を遣うように微笑んだ。そうして、ふと窓の外に視線を投げる。

「でもあたしにもっと勇気があったら……そうしたら――……」

その先を咲耶は言葉にしなかった。

――貴船口《きぶねぐち》の駅でバスに乗り換えて、山中をしばらく走る。バス停で降りると、途端に一陣の風が吹いた。

ひろはぶるりと身震いした。もう昼過ぎだというのに吐く息は白く、手袋をしていない指先が凍りつくようだった。

京都の北に位置するこの場所は、市内よりもずっと気温が低い。

どうどうと水の流れる音が、山の中に響き渡っている。貴船川だった。

この川に沿うように造られたのが、貴船の町だ。

葵がふと空を見上げた。

「……雪降ってきましたね」

空は灰色の厚い雲に覆われている。白い雪片がはらりと舞い降りてきたのがひろにも見えた。例年より少し早いだろうか。

冬の貴船は静寂が支配する。

吐息すら山に吸い込まれ、聞こえるのは川の流れる音だけだ。

ここは神の棲む山だ。

ふいに遠くで、甲高い釘を打つ音が鳴った。


カアァアァアァアン…………――……。


長い尾を響かせて山間に消えていく。

咲耶に目をやると、青い顔をして雪の散る空を見上げていた。咲耶にもこの音が聞こえている。

ここだ、とひろは思った。

――京都がまだ都と呼ばれるより以前、一艘《そう》の船が川を遡《さかのぼ》って、清らかな水の湧き出るこの地を見つけたことから、貴船の歴史は始まるという説がある。

タカオカミノカミ――そしてクラオカミノカミと呼ばれる水を司《つかさど》る神を祀っている。

緩やかな貴船の坂道を上がりながら、咲耶が気をまぎらわせるかのように口を開いた。

「昔の人も、ここに占いやお願いごとに来てたんです。京都の中だと一、二位を争うパワースポットなんですよ。日本三大縁結び神社の一つなんです」

貴船神社は川に沿うように、本宮、結社《ゆいのやしろ》、奥宮《おくみや》と三つの社が点在している。咲耶の主催した縁結びツアーでは、結社を中心に回ったそうだ。

結社は赤い灯籠《とうろう》に囲まれた小さな社だった。祭神は磐長姫命《いわながひめのみこと》である。

ずいぶん来慣れているのだろう。咲耶がその社を指して説明した。

「昔、大山津見神《おおやまつみのかみ》が、娘である磐長姫命と木花咲耶姫《このはなさくやひめ》を、お嫁さんにどうぞと嫁がせたんです。でも可愛《かわい》かった木花咲耶姫だけがもらわれて、磐長姫命は返されちゃった」

磐長姫命は醜《みにく》い自分の容姿を悲しく思ったが、ここに来る人間が良縁を得られるようにと願ったのが、この結社の始まりとされている。

これを由縁とし、この地が縁結びに御利益があると有名になったのだ。

どこかで、釘を打つ音が聞こえる。

咲耶がふらりと歩きだした。

「本当は縁結びツアーは、この結社でおしまいなんです。あとは貴船のカフェでお茶して解散っていう流れなんですけど……」

あの日は少し違ったのだと、咲耶は言った。

山を上がった先には貴船の奥社がある。杉の木に囲まれた清廉な気配を持つ、小さい社だ。ひろも何度か訪れたことがあった。

「せっかくだから、奥社に寄っていこうってことになったんです」

その時には、もう咲耶はこの釘を打つ音を聞いていたのかもしれないと、ひろは思った。

カァアアン……。

釘を打つ音が響く。まるでそれにつられるかのように、咲耶はふらふらと奥社に向かって歩き続ける。

アスファルトの道路は、緩やかな坂道になっている。小さな橋を渡ると両側に高い杉の木が立ち並ぶ参道があった。

奥社から下りてくる数組の観光客とすれ違った。雪が強くなる前に市内へ戻るつもりだと話しているのが漏《も》れ聞こえた。

ふいに葵が言った。

「貴船と釘の音っていえば、能に『鉄輪《かなわ》』の話があるんですよね」

葵は軽く首を振って、自分の前髪に積もった雪を払い落とした。

葵は伝承やそれにまつわる芸術を研究対象として勉強している。能や狂言、現代舞台、絵巻物などに描かれる古典や逸話などである。

「昔、夫に捨てられた女が鬼になって、その夫を呪い殺そうとしたっていう話です」

自分を捨てた夫に恨みを抱いた女が、ある夜、その恨みを晴らすべく丑の刻に貴船に詣《もう》でる。そこで女は貴船の神の神託を受けた。

赤い衣を纏い顔を赤で塗り、頭には鉄輪を逆さにして乗せ、その足の先端にろうそくを灯した姿で、憎しみの心を持ち続けることで、鬼になることができる、と。

その通りにした女は願い通り鬼になり、男を呪い殺しに行くという話だ。

「恐ろしくなった男は、陰陽師《おんみようじ》である安倍晴明《あべのせいめい》を頼るんです。そして鬼になって襲ってきた女は晴明に阻《はば》まれて消えてしまう」

室町時代に成立した能の謡本《うたいぼん》だと葵が言った。

「この『鉄輪』の、元になった伝説が京都にあって――」

葵がそう続けた時だった。

カァアァアン……、とまたどこかで釘を打つ音が聞こえた。

「……嘘、聞こえた」

葵が震える声でそうつぶやいた。音はどんどん近くなってきている。葵が釘を打つ音を拾ったのも、そのせいかもしれなかった。

貴船の奥社はずらりと立ち並ぶ杉の並木のただ中にあった。

小さな社と大きな石が、しめ縄を巻かれて鎮座している。

咲耶は音にひかれるように奥社の向こう側、さらに山中にわけ入っていく。

空は黒い雲に覆われ、いつの間にか雪は視界を隠すほどに降りしきっていた。ひろは自分が、がちがちと震えているのを感じていた。

ひろと葵、咲耶は身を寄せ合ってその雪の中、目の前の光景に釘付けになっていた。

鬱蒼と茂る木々の間に、杉の木が何本か立っている。まっすぐ空に向かって伸びるその木の、ちょうど目線のあたりに何本も釘が打ち込まれていた。

新しいものも、錆《さ》びてしまった古いものもある。釘が朽ちて穴だけ残っているものもあった。

誰が打ち込んだのだろうか。

そう思った瞬間だった。

凍《こご》えるような寒さだというのに――その女は薄い襦袢《じゅばん》一枚で、そこに立っていた。


――あな、憎らしや。


ひろの耳はその声を捉えた。

女がふらりと傾《かし》いだかと思うと、こちらを向いた。体を深く折り曲げ長い髪が地面をこする。

咲耶と葵が同時に悲鳴を上げた。

女の姿は異様だった。

長い黒髪の頭には、逆さにした鉄輪の三つの足が天をついている。そこにはろうそくが突き刺さり、ゆらゆらとその炎を揺らめかせていた。

とけた蠟《ろう》が鉄輪をたどり、黒髪に絡みついている。

前髪の隙間《すきま》からは、目と口の周りをぐるりと紅で縁取った女の顔が見えた。

口には火のついた細い松明。片手には太い釘、もう片手には無骨な金槌を、細い手の甲に青い血管が浮き出るほどに握りしめている。

咲耶の夢に出てくる――丑の刻参りの女だった。


――あな、憎らしや。憎らしや。


口に松明を咥えているはずなのに、彼女の悲鳴は明瞭《めいりよう》で耳をつんざくようだった。金槌を振りかぶって、木の幹に差し込んだ釘を打ちつける。

カァアアン！

甲高い音が鳴り響いた。

——どうしてわたしを、わたくしを！　あた、しを……！


幾重にも重なって聞こえる悲鳴に、ひろは眉を寄せた。

叫び声には深い悲しみが混じっているように、ひろには聞こえる。

丑の刻参りの女は男に恨みを持つ女だ。愛する男に——裏切られた。男の心が己に向いていないと知ってしまった女の声だ。

「あ、あれ、あれ……本物ですか。何……」

がちがちと震える葵の声に、ひろははっと我に返った。咲耶が右から、葵が左からひろの腕をつかむ。咲耶が悲鳴混じりに叫んだ。

「逃げましょう。だって、あれ」

——あれは人の理の中に生きるものではない。

女の顔がぐるりとこちらを向いた。血走った目がひろの後ろで震えている咲耶を捉えた。

女の顔が喜色に歪んだのがわかった。

女が足を一歩、ゆっくりとこちらへ踏み出した。裸足《はだし》だ。女の足元で踏みしだかれた小枝がばきりと鳴った。

女の血走った瞳は、葵もひろも捉えていない。

ただ咲耶だけを見て、赤く塗った唇をにぃ……とつり上げた。

ひろは咄嗟《とっさ》に二人の前に出た。

体がこわばって悲鳴が喉《のど》の奥で固まっている。

怖くてたまらなかった。けれど、後ろに回した手に二人の後輩の体温を感じる。それだけで不思議と落ち着くのがわかった。

わたしが守らなくてはいけない。

ひろもこうして、大きな背でたくさん守ってもらったのだから。

——その瞬間だった。

降りしきる雪を吹き飛ばすような、強い風が吹いた。

目もくらむ一瞬の吹雪《ふぶき》のあと、星の瞬《またた》きのようなきらきらとした光が眼前を覆った。

水の雫《しずく》だ。

貴船川から跳ね上がった飛沫《しぶき》が、風に乗って降り注いでいる。

ひろと女の間に、見覚えのある姿が立ちはだかった。

「……シロ」

すらりと長い体軀《たいく》は、蓮《はす》の花があしらわれた薄い着物で覆われている。

肩までの銀色の髪、雪のように白い肌、ひろを見つめる瞳は蜂蜜のように甘く、月と同じ金色をしている。

人の姿のシロだった。

シロは背後の女を視線だけで振り返った。

「ずいぶんとまた、面倒なものと縁を結んだらしいな」

皮肉気に口の端をつり上げて、シロが片手を振り上げた。貴船の川からぐう、と水の柱が持ち上がる。

「――見るに耐えん。失せろ」

鉄輪の女はおののいたように身を震わせた、その瞬間。水の柱ははじけて、女の頭上に降り注ぐ。

飛び散る水の雫に思わず顔を覆ったひろが、次に目を開けた時には、もう女の姿はどこにもなかった。

先ほどまでの吹雪は幻だったのかと思うほど、穏やかに初冬の雪が舞う中。

ひろはぎしぎしと錆《さび》ついた音が鳴りそうなほどゆっくりと、後ろを振り返った。その先で葵と咲耶があっけにとられたようにシロを見つめている。

「……どちらさまですか」

咲耶がやや間の抜けた声を上げた。

恐怖と驚きが落ち着いてしまうと、あとに残るのは興味だ。

咲耶も葵も興味津々《しんしん》といった感じでシロを見つめていた。ひろはもう見慣れてしまったが、シロはこの世のものとは思えない美貌《びぼう》の持ち主でもある。

「……親戚です」

ひろは絞り出すようにそう言った。

今までにも人の姿のシロを紹介したことは何度かある。その時はいつも、ひろの遠い親戚ということで通していた。顔立ちが一切似ていないだけに苦しい言い訳である。

そもそもこの寒いのに、薄い着物一枚であることもおかしいのだ。

ひろは早口でつけ加えた。

「蓮見神社で、お手伝いをしてくれてるの。こういうことが得意なんだよ」

先ほどまで女がいた場所をちらりと見やる。いっそ親戚かつ拝み屋の類だということにしておく方が、まだ納得してくれそうな気がした。

葵も咲耶もどこかいぶかしそうな顔をしながらも、ひろの勢いにおされたのだろう、一応うなずいてくれた。

「怪我はないな、ひろ」

シロがひろの頰に手のひらを滑らせた。後輩二人には目もくれないあたりがシロだと、ひろは呆れたようにそう思った。

「大事な親戚の子の顔に、傷でもついたらかなわない」

ややわざとらしくそう言って、シロはまんざらでもなさそうに薄い唇をつり上げた。シロはこのひろとの親戚設定が、どういうわけかお気に入りなのだ。

「もう行け」

シロがひろの髪についた雪を払って、そう言った。空から降る雪片はもう数えられるほどになっている。じきに雪も止んでしまうだろう。

ひろは咲耶と葵を促《うなが》した。二人は律儀にシロにぺこりと頭を下げる。

踵《きびす》を返した二人の背にシロの冷たい声が降りかかった。

「そう簡単には絶てる縁ではないぞ」

縁結びにも縁切りにも、それぞれ神社がある。

縁とはそれほど、人の手には負えないものなのかもしれない。


――あな、憎らしや。ああ、ああ……。

ぞっとするような、それでいてひどく哀しい声が、釘を打つ音と共にずっと遠くにこだましている。

それは一人ではなく、たくさんの声が重なり合うように、ひろには聞こえた。

3

時刻は午前十時、地下鉄東山駅から地上に出て白川《しらかわ》の橋を渡る。左に折れると、抜けるような冬の青空に朱色の大鳥居がそびえていた。

平安《へいあん》神宮の鳥居だ。

東山のふもと、岡崎《おかざき》は静かな冬の陽光に照らされていた。

左手に美術館、右手にも美術館。動物園が並ぶ、京都の文化と芸術が集まる場所だ。

「それで――……」

拓己がじっとひろを見下ろした。

「デートのスタートが、なんでここなんや？」

「……調べたいことがあって」

府立図書館の前で、ひろは拓己の呆れたような瞳から一生懸命目を逸らした。

拓己とのデートの日は、散々だった縁結びツアーに赴いた、その週明けに決まった。

拓己も仕込みが始まったこの時期、決まった休みというものはないし、ひろもちょうど授業が休講だった。だったら少しでも人の少ない平日がいいのではと、拓己が提案してくれたのだ。

こちらから誘ったデートだったはずなのに、ずいぶんと色気のないスタート地点だと自分でも思う。

拓己が恨みがましくひろを見下ろす。

「あーあ、せっかくのデートやのになあ」

ますます身を縮めたひろを見て、拓己がふ、と笑う気配がする。

「冗談や。図書館も、ひろらしくてええよ」

拓己の大きな手がひろの髪をくしゃりとかきまぜる。

ひろと拓己は手分けして数冊の本を借りると、向かいにあるカフェに入った。

貴船神社の奥社の傍で、ひろたちが見たあの女は確かに丑の刻参りの女だった。

「葵ちゃんに教えてもらったんだけど、能の『鉄輪』の謡本にも、地主神社で見た丑の刻参りにも、元になった伝承があるんだって」

あの女はひろにも葵にも目もくれず、咲耶ばかりを見つめていたように思う。その理由がわかれば、解決の手がかりになるかもしれないと思ったのだ。

「──『宇治《うじ》の橋姫《はしひめ》』」

ひろはそう言って、手元の本をめくった。

嵯峨《さが》天皇の時勢、ある公家《くげ》の娘が嫉妬《しっと》に身を焦がし貴船の祭神に祈りを捧げた。妬《ねた》ましい女を殺したい。そのために生きながらにして鬼に変えてほしい、と。

貴船の神はその願いを聞いて、ある条件を出した。

本当に鬼になりたいのであれば、姿を変えて二十一日の間、宇治川につかれ。そうすればその身は生きながらにして鬼に変わるだろう。

彼女は神の言う通り、髪を五つに分けて角にし、顔に紅を差し体に丹を塗った。鉄輪を逆さに頭に乗せ、三つの足にろうそくをつけて火を灯す。端を燃やした松明を口に咥え、その異様な姿で宇治川に二十一日つかり、彼女は鬼になったのである。

「これを倒したのが、源《みなもとの》綱《つな》やな」

拓己がその一節をなぞる。

源綱は刀でもってこの鬼の片腕を飛ばし撃退した。

橋姫の伝説は諸説存在し、本に書かれていたのはそのうちの一つ、平家《へいけ》物語の異文として伝わっているものだ。

ひろは貴船で見た、丑の刻参りの女の姿を思い出した。

「咲耶ちゃんに近づこうとしたのは、この鬼なのかな……」

あれはとても人の姿とは思えなかった。

ひろはキャラメルの甘い味のするコーヒーを一口すすった。

「でも貴船で見た釘の痕って、そんなに古いものじゃなかったんだ。錆びてたものも、ぼろぼろのものもあったけど……まだ新しいものもあった気がする」

どう考えても明治までは遡らないだろうという痕だった。

杉の木には数え切れないほどの釘が打ち込まれていた。あの一本一本は、とても強い想いと共に打ち込まれているものだとひろは思う。

強い想いには力が宿るとひろは知っている。

あの杉の木に打ち込まれた一つ一つの想いは、重なりどろどろとうごめいて――丑の刻参りの、鬼の女の姿を取っているのかもしれない。

だとすればあの鬼の女は、叶わなかった想いや誰かを恨めしいと憎む心――それほどまでに誰かを愛《いと》おしく想う心のなれの果てだ。

そういうものと、咲耶は縁を結んだのかもしれない。

「でも、どうして咲耶ちゃんだったんだろう」

ひろはすっかり冷めてしまったコーヒーの紙カップを、手持ち無沙汰にこつこつとついた。咲耶が誰かに恨まれているということなのだろうか。

「こればっかりは、その加藤さんに心当たりを聞いてみるしかあらへんな」

ひろはうなずいて、ふと左手の時計を見やった。

「わっ！　映画の時間、ギリギリになっちゃう！」

慌ててコーヒーを飲み干して椅子《いす》から立ち上がる。拓己が苦笑しながら、空になったカップを二つ、ゴミ箱に捨ててくれた。

「慌てんでもまだ大丈夫やろ。間に合わへんかったら、次の回でもええし」

「でも、咲耶ちゃんの作ってくれた予定表では、そろそろ映画館に着いてる頃なんだ」

ひろは咲耶と葵が額をつき合わせて考えてくれた予定表を、ポケットから引っ張り出した。ルーズリーフにびっしりと書き込まれた予定表は、芯は生真面目な後輩二人が、細かな時間まで決めてくれたのだ。

「ん。そやったらちょっと急ごうか」

拓己が本の入った鞄《かばん》を片手にひろを促す。ひろはその隣に並んで、勢い込んで拓己を見上げた。

「スタートは図書館にしてもらったけど、楽しい一日にしようね！　わたし、がんばるよ」

その視線の先でどこか困ったように拓己が笑っている。

「ゆっくり行こや。ぼちぼちでええから」

それではだめなのだ、とひろは心の中で小さくつぶやいた。

拓己の特別でいるために、できることはなんだってしなくては。

唇を結んだひろの頭上で、ふ、と笑い声がこぼれた。見上げると拓己がこらえきれないというように、口元をほころばせている。

「おれもう、図書館でも動物園でも近所の公園でも、どこでもええくらいには浮かれてる」

「どうして？」

ひろが目を丸くして問うと、拓己がにやりと笑った。

「──彼女とデートやから」

一瞬で体温が跳ね上がった気がした。

だいたい、拓己の格好だって予想外だったのだ。

ブルーのリブニットと、黒に近いストレートジーンズは、拓己の脚《あし》の長さを存分に引き立てている。チャコールのコートは東京で買ったと言っていたが、どきりとするほど大人っぽかった。

ひろだって咲耶のアドバイスに従って、いつもと雰囲気を変えている。

白のロングスカートに柔らかな素材のニット、ベージュのチェスターコート、少しだけヒールのあるショートブーツは、今日のために思い切って新調した。

髪だっていつもざっくり流しているのを、今日は時間をかけて巻いてみたのだ。

なるほど、恋愛の神様のアドバイスはさすがだった。

いつもと違う格好でいつもと違う所にいるだけで、馬鹿《ばか》みたいにドキドキする。

今日は特別なのだ、と強烈に意識した。

三条京阪《さんじょうけいはん》の駅で、拓己はさっさと本をコインロッカーに収めてしまう。それからひろを見下ろした。

「ひろ」

拓己が差し出した手を、ひろはしばらくぽかんと眺めていた。ほら、と促すように拓己がひろの手を取った。

「デートなんやろ」

ぶわ、と体温が上がる。冬なのにコートの中の体が熱い。

「……デートです」

ひろはおずおずと拓己の手を握った。きゅう、と力を込められてなんだかとても安心する。だからその手のあたたかさを絶対に離したくないと、そう思うのだ。

――クリスマスに向けて映画館では、海外でも話題になった恋愛ものが公開されていた。ちょうど先週封切りになったばかりだ。

記憶喪失になってしまった彼氏と、その彼の記憶を取り戻すために一生懸命になる彼女の話で、最後は二人が結ばれるハッピーエンドだった。

映画館の前で、まだぐすぐすと涙が止まらないひろに、拓己がハンカチを渡してくれる。

「こういうので泣くんやなあ、ひろは」

「だって……最後、ちゃんと思い出せてよかったなあって」

ひろは映画にでも本にでも、すぐに感情移入してしまうタイプだ。

「拓己くんは、全然平気？」

ひろは拓己の隣に立って、商店街の人混みに足を踏み入れた。

そういえば拓己と、映画やドラマを一緒に観たことはほとんどない。清花蔵の食事の間には一応テレビが備え付けてあるが、たいていは時代劇かバラエティだ。チャンネル権は蔵人たちが持っているからだ。

「おれはあんまり泣いたりせえへんかな。昔から母さんがドラマ観て号泣してる横で、おれも兄貴もしれっとしてたから、ドライな兄弟やてよう言われたわ」

拓己には兄が一人いる。今は東京でＩＴの会社に勤めていて、すでに結婚していて子どもが一人いた。

本当なら清花蔵を継ぐのはその兄のはずで、拓己はそれを支えることを目標にしていた。だが兄が蔵を継がず東京で仕事をすると決めた時、拓己の、兄への憧れはそのまま確執に変わった。

拓己が大学生だった頃から、少しずつ歩み寄り始めて、まだぎこちないものの、今では笑って話せるぐらいにはなっているらしかった。

頬についてしまった涙の痕をなんとかしようと、ハンカチを手に格闘していたひろは、拓己の声にふと見上げた。

「でもそうやって感情に寄り添えるから、ひろは、蓮見さんみたいな仕事が向いてるんかもしれへんな」

「……だったら、嬉しいな」

「危なっかしいこともあるけどな」

その大きな手のひらで頭をくしゃりと撫でられると、拓己に認めてもらったようで、なんとも誇らしくなるのだ。

カフェのランチを挟んで、寺町通《てらまちどおり》を、三条から四条《しじょう》にゆっくり下りながらウィンドウショッピング。

適当な所で一本西の通りに逸れてみる。

御幸町通《ごこまちどおり》には、古着屋やアンティークの小物ショップなどが軒《のき》を連ねていた。寺町通より人通りが少なくて、二人でゆっくり歩くにはいいと、あらかじめ咲耶から聞いている。

歩くうちに拓己が古着屋の軒先にかかっている、ヴィンテージのジャケットに目を留めた。

腰までの厚手のデニムジャケットだ。レザーの肘《ひじ》当ては使い込まれた深い艶《つや》が、大きなアンティークゴールドのメタルボタンには、有名なデニムメーカーのロゴが浮き彫りにされていた。

店内から駆け出してきた金髪の店員が、楽しそうに話し始める。何十年代のヴィンテージだとか、古着だけれど大事にされていたとか、そんな話が聞こえた。

「どう思う?」

そう問われて、ひろは拓己とジャケットを交互に見つめた。体の厚みがある拓己には、きっとよく似合うとひろは思った。

「かっこいいと思うよ。いつもの拓己くんと、ちょっと違う感じになるね」

どちらかといえば、テーラードジャケットや無地のカットソーなどきれいめのファッシヨンを好む拓己だから、こういうカジュアルな服を着るのをあまり見たことがない。

拓己はジャケットをハンガーごと持ち上げた。

「充《みつる》さんにこういうのも似合うて言われて。最近結構ええんとちがうかなって思う」

拓己がぼそっとつけ加える。

「もともと、あんまり自分で服、選んでこうへんかったしな」

大学時代の拓己の服は、先輩たちからもらったものが多かったと聞いた。自然と好みもそっち寄りになったのだろう。

金髪の店員が最後の一押し、とばかりににこりと微笑んだ。

「彼女さんもかっこいいて言うたはるし、おれもめっちゃ似合うと思いますよ」

彼女さん！　と、その響きにじわじわと感慨深くなっていると、拓己がひろの方を向いた。笑みが深くなる。

「一緒に歩くんはひろやし。どうやろ」

心臓が跳ねる。頭が沸騰《ふっとう》するんじゃないかと思う。店員の手前なんとかきりりとした顔を保って、ひろは妙に重々しくうなずいた。

「い、いいと思います！」

結局拓己はそのジャケットを買った。分厚い紙袋に入れてもらって、片手にぶら下げている。その口元が自然にほころんでいて、どうやら嬉しいようだった。

いつも大人びている拓己が、子どもっぽく見えてなんだかおかしい。

ふっとその拓己の姿がぶれて、ひろは何度か瞬《まばた》きをした。なんだかふわふわする。地に足がついていないような気がして、ひろも浮かれているのかもしれなかった。

ぶらぶらと服を見て回って、四条河原町《しじょうかわらまち》近くのカフェで、二人でホットコーヒーを買って鴨川《かも》に下りる。

冬だというのに、そこには何組ものカップルが一定の間隔を空けて座り込んでいた。ひろと拓己も、横の二組と等間隔になるように座る。今日は風も少なくて心地がいい。

目の前をゆったりと鴨川が流れていく。

浅い川は、冬は特に底の石畳が透けて見える。あちこちの中州をかすめてとうとうと流れる鴨川は、やがて桂川《かつら》へ、そしてひろたちの住む伏見に流れる宇治川の先、淀川《よど》へと到達するはずだった。

中心部はビルが多いけれど、川幅のあるここは空が広い。見上げると冬の空は青いまま、ずっと高いところまで澄み切っていた。

ひろは無意識のうちに、深い息をついていた。

周りの雑音が失せていく。それが耳にとても心地よい。心の芯の部分がほっと安心しているような気がした。

「疲れたんか？」

ひろは慌てて首を横に振った。咲耶の考えてくれたプランはまだ三分の二といったところだ。ここで疲れているわけにはいかなかった。

「予定表、見せて」

拓己が差し出した手に、ひろは予定表を乗せた。

「これ、みんな加藤さんたちが考えてくれはったんか？」

「うん。わたしも一緒に考えたんだけど、咲耶ちゃんと葵ちゃんが却下しちゃうんだ」

動物園はもうちょっとしてから、植物園もまだ。派流《はりゅう》を歩くのはいつもと同じ、と後輩二人は容赦なかった。

「……それから、梅田《うめだ》もまだわたしには早いって」

迷子になるのではないかと本気で心配されたのには、ひろはまだ納得がいっていない。咲耶も葵も、ひろのことを子どもか何かのように思っているような気がする。わたしの方が先輩なのに、とむっとした顔でひろはつけ加えた。

拓己が肩を震わせてコーヒーをすすった。

「ええ後輩やなあ」

「うん。だから、あともうちょっとがんばるんだ」

ここで一緒に川を眺めたあと、三条に戻ってオススメのカジュアルレストランで早めの夕食。そのあと三条の橋の上で夜景を眺めて……――。

ひろは隣の拓己をそっとうかがった。

楽しんでくれているだろうか。退屈はしていないだろうか。

……ひろと、一緒にいたいと思ってくれているだろうか。

拓己がふ、と息をついた。

「――帰ろか、ひろ」

ホットコーヒーを飲み干して、拓己が立ち上がった。ひろも慌てて立ち上がる。

「待って、拓己くん。まだあるんだよ」

「続きは、また今度な」

拓己の手がひろの手を強めに引いた。さっきまでの寄り添うような距離ではなく、昔の、手を引かれて拓己の後ろについて歩いていた、あの優しいお兄さんの距離感だった。

京阪の祇園四条《ぎおんしじょう》駅から地元の伏見に戻るまでの間、ひろは言葉少なにうつむいたままだった。何かだめだっただろうかと、頭の中をぐるぐると不安が回る。

中書島《ちゅうしょじま》駅で電車を降りて、酒蔵の連なる通りを歩く間、米麹《こめこうじ》の発酵《はっこう》する甘い匂いに、どこか心の底がほっとしたような気がした。

帰ってきた、と深いところでそう思った。

蓮見神社の前で拓己とお別れかと思ったら、そのまま清花蔵へ引っ張り込まれる。いつもの客間でぼんやりしていると、拓己がほうじ茶を手に戻ってきた。

いつもより香りが薄いから、拓己が淹《い》れてくれたのだろう。実里はお茶を淹れるのがとても上手で、ほうじ茶などは香ばしさが際立つからだ。

受け取って一口すする。体の中をころころとあたたかさが転がっていって、ほう、と芯からあたためてくれた。

閉められた窓から、縁側の向こうに清花蔵の庭が見える。汲み上げ式の井戸のポンプから、ぽたりと雫が落ちる、その音さえ聞こえるような静寂だった。

ひろが十分その静寂に浸ったのを見計らったかのように、拓己の気遣わしげな声がした。

「――しんどかったんやろ、ひろ」

ひろはゆっくりと顔を上げた。あのふわふわとした浮かれたような感覚はもうどこにもない。どうやら自分は疲れていたらしいと、ひろはようやくそこで気がついた。

「無理せえへんかったって、続きはまた今度でええから」

「……うん。そうだね」

ひろは曖昧に笑ってうつむいた。

だめだった、と思った。

せっかく咲耶と葵が一生懸命考えてくれた楽しいプランだったのに。全部こなすことはひろにはできなかった。

拓己はどう思っただろうか。

おそるおそる顔を上げてうかがうと、拓己は静かに庭を見つめていた。ひろの視線に気づくと、目を細めていつもと変わらない様子でひろに笑いかけてくれる。

「ここが一番ほっとするな」

拓己も同じなのだろうか。それともひろに合わせてくれているのだろうか。

拓己の手が離れていってしまうことを想像するだけで、心の奥が凍えそうになる。

寒くて、怖い。

恋とはやっかいでままならない。気持ちを確かめ合ったのに不安でたまらない。

ふと咲耶と、そして貴船の鬼の女のことを思った。

情愛は心を歪ませる。それはきっとその想いの強さ故《ゆえ》だ。

誰かを好きになると、誰もがその歪んだ縁に立たされるのかもしれない。

ひろも例外ではないのだ。

人は誰も、その歪んだ縁から転がり落ちて鬼になりうる業《ごう》を持っている。結局、人の心に敵《かな》うものは、この世には何もないのかもしれなかった。

4

次の日の大学で、ひろは葵に呼び止められた。その後ろには見覚えのある学生がいる。

「——彼女が池上知佳ちゃんです」

葵の後ろから、髪を一つにくくった彼女がぺこりと頭を下げた。明るめの茶色に染められた髪は、大きなシュシュで一つにまとめられている。咲耶や葵より人見知りなのだろうか。先輩であるひろの前で、少し緊張しているように見えた。

「わたし、あのあと知佳ちゃんに話聞きに行ったんです。貴船で見たあの女の人と、咲耶ちゃんと、その前の縁結びツアーが何か関係あるんかなって」

葵がさらっとそう言うものだから、ひろはその行動力に唖然《あぜん》とした。

「貴船でのこと、信じてくれたの？」

ひろはおそるおそる葵にそう尋《たず》ねた。

貴船でのことを、葵がどう折り合いをつけるかひろも気にしていたところだった。葵は不思議なこともあったたな、とただ曖昧にしておくような性格ではない。

だが葵はあっさりとしたものだった。

「仕方ないですよね、見ちゃったし」

困ったように肩をすくめる。

「貴船であの女の人を見て、なるほど、これは本当にいるんやなって」

そして、いると確信してから行動が早いのが葵だ。

ひろが図書館に行って調べたように、葵も咲耶のためにできることを考えてくれたらしい。そしてあの縁結びツアーに参加した面々に話を聞いたのだと葵が言った。

「そしたら、知佳ちゃんが話したいことがあるんやて……」

葵の顔がそこでふと曇った。

ひろは葵と共に、知佳を研究室の中に招き入れた。ちょうどいいことに誰もいない。大机に知佳と葵を座らせて、自分は備え付けのキッチンでお湯を沸かす。

民俗学研究室には院生や教授の好みで、コーヒーから宇治茶まで豊富にそろっていた。ひろは自分にはほうじ茶を、葵と知佳にはカフェオレを淹れた。一口すすって気分がほぐれたのだろう。

幾分顔色がよくなった知佳が、ぽつりと口を開いた。

「波瀬先輩に聞いたんですけど、貴船に変な女の人がいたって」

ひろはうなずいた。

髪を五つに分け、ろうそくの突き立った鉄輪をかぶっていた。目と唇は紅で赤く、口には火のついた松明を横咥えしている。手には太い釘と金槌を携《たずさ》えていた。

丑の刻参りで鬼になった女の姿だ。

知佳が意を決したように、口を開いた。

「──……その女の人、わたしの夢にも出てくるんです」

葵はあらかじめ聞いていたのだろう。息を呑んだのはひろだけだった。

知佳の夢に時折出てくる女は、咲耶に聞いた通りごくゆっくりと近づいてくる。

「……ただの夢だって思ってたんです。でも、怖くて……」

知佳が気味悪そうに眉を寄せた、その時。

知佳の傍で、ひろもその声を聞いた。

──……憎い。恨めしい。

咲耶の傍で聞こえていた声と同じだ。だとしたら知佳もあの貴船で、鬼の女と縁を結んだのだろうか。

「知佳ちゃんも咲耶ちゃんと同じ夢を見てるんです。だから、もしかしたら咲耶ちゃんだけじゃなくて、知佳ちゃんもその女に取り憑《つ》かれてるのかもしれへんのですよね」

葵の言葉にひろがうなずく。

――……うらめしい。どうして……にく、い…………あ、たし、だって。

女の声が、ふと二重にぶれた。

たくさんの女の悲鳴や慟哭《どうこく》が重なって、鬼の声を作り上げている。貴船の鬼の女が、報われない想いの固まりだとしたら、それも不思議ではなかった。

けれど、ひろは気がついてしまったのだ。

知佳の傍で響くその声の中には、聞き慣れた声が混じっていた。

――咲耶の声だ。

貴船の山中で、鬼の女が咲耶ばかりを見つめていたのを、どうしてだか思い出した。

やがて声は遠くなり、ふ、と消えた。

ひろはゆっくりと知佳に問いかけた。

「……池上さんは、最近好きな男の子と付き合い始めたんですよね」

知佳は不安の色を一瞬で消して破顔した。ＳＮＳで恋人ができたと報告していたのを、ひろは咲耶に見せてもらったのだ。

「はい。咲耶ちゃんのおかげなんです。縁結びを色々案内してくれたから、わたし直くんとのことがんばれたんです」

そのＳＮＳを見て、咲耶は言ったのではなかったか。

――自分の恋は上手《うま》くいかない、と。

知佳が明るい声で続けた。

「咲耶ちゃんてさすが恋愛の神様ですよね。バーベキューとかも計画してくれたし、もと直くんと知り合うきっかけになったのだって、咲耶ちゃんだし」

ああそうかと、ひろは確信した。

あの鬼の女がどうして咲耶と縁を結ぶことになったのか、ずっと不思議だった。

呪われていたのは、たぶん知佳だ。

そしてままならない歪《いびつ》な心の縁に立っていたのは――あの鬼の女が伸ばす手の方へ、転がり落ちてしまったのは――咲耶の方だったのだ。

チャイムが鳴って、知佳と葵が次の授業へ慌ただしく駆けていったあと。ひろは一人残された研究室で、冷め切ったほうじ茶をすすった。

パーカーのポケットでごそりと何かが動く気配がする。

「シロ」

ひろは誰もいないのをもう一度確認して、シロをポケットから出してやった。朝には入っていなかったが、いつの間に来たのだろうか。

シロが我が物顔で器用に、備え付けのキッチンにするりと上がっていった。そこの棚に菓子が隠されていることを知っているのだ。ひろは呆れた顔で、シロが流し台の上の棚を開けるのを手伝ってやった。

「教授のお客様用なんだからね。勝手に食べちゃだめなんだから」

「誰も数なんか数えていないだろう。いい菓子がそろってるんだ」

棚には急な来客にそなえて、日持ちしてかつ見栄えがいいものがそろっている。落雁《らくがん》の平たい箱を咥えて、シロがキッチンに飛び降りた。ひろは箱を受け取って大机に戻った。

うっすらと紅色がついた、椿《つばき》の干菓子だ。

口の中でほろりとほどけて、和三盆の上品な甘さだけが残る。

「――あの声を聞いたか、ひろ」

椿の干菓子を堪能したシロがそう言うのに、ひろはうなずいた。鬼の女の声の中に咲耶の声があった。鬼の声と混じり合って、どちらがどちらのものなのか、判断がつかないほどだった。

「あれは生《い》き霊《りょう》だな」

伝承や怪談を調べる民俗学をやっていれば、一度ならず聞き覚えのある言葉だ。

「池上さんの夢に出てきたのが、咲耶ちゃんの生き霊ってことなのかな」

「ああ。貴船で鬼と縁を結んで、憎い相手のもとに出たんだろう。本人も気づいていないかもしれないが」

「……じゃあ、あの夢は咲耶ちゃん自身が引き起こしてるんだ」

あの鬼の女は、伝承に従って貴船で誰かを呪った女たちの想いの姿で——咲耶自身の姿でもある。

そしていつか自分にもやってくるかもしれない、恋に呑まれた人間の姿だと、ひろは思う。

歪んだ想いの縁は、誰の足元にも広がっているのだ。

——京都の南に宇治という場所がある。

宇治の山はほとんど葉が落ちて、冷たい風に木々がその身をさらしている。

ひろと咲耶はそろって京阪の宇治駅に降り立った。ひろが頼んでついてきてもらったのだ。鬼の女の件だと言うと、咲耶は快《こころよ》く付き合ってくれた。

しばらく歩くと、大きな橋が見えた。宇治橋だ。

その下をとうとうと宇治川が流れていた。

宇治の山中に天ヶ瀬《あまがせ》ダムがあって、今ではそこで水流を調整されているものの、かつてこの川は都を潤し、そして時にはその安寧を脅《おびや》かした暴れ川だった。

ここ数日の雨や雪の影響だろうか。水量は多く、冬の鉛《なまり》色の空をうつしたように澱《よど》んで見えた。

宇治橋を渡って平等院《びょうどういん》へと続く参道を歩く。観光客の間を縫うように進んで左に折れると、宇治川の土手が、その先には川面《かわも》が広がっていた。

桜の木が等間隔で配置された土手の向こう。音が聞こえてきそうなほどの濁流《だくりゅう》の中に女が立っていた。

「……見える?」

ひろがその女を指した。

胸まで川につかり黒髪をその流れに浸している。頭には火が灯る鉄輪、口には松明を咥えたまま、呆然と川の流れを見据えていた。

咲耶が小さくうなずいた。

「夢の女の人です……この間、貴船にいた」

カァアアン！

甲高い釘を打つ音が響いた。

それは知らず知らずのうちに、きっと無意識に、咲耶のうちから溢れ出している音だ。

妬みと恨みと、哀しみの音である。

あれは咲耶の心の姿かもしれない。

そう言うと、咲耶は困ったように首をかしげた。何を言っているのだろうと言いたげな表情で、咲耶自身にも自覚はないのだろう。

「池上知佳さんに話を聞いたんだ。池上さんも、あの女の人が夢に出てくるって。……咲耶ちゃんと違うのは――」

鬼の女から、咲耶の声がすることだ。

ひろは咲耶の手を取った。その手が小刻みに震えている。

「丑の刻参りをした女の人は、生きながらに鬼になるんだって。あの時貴船にいた女の鬼は、伝承に従って呪いをした人たちの、想いの固まりだったのかもしれないよ」

そうして、それは咲耶に惹《ひ》かれて縁を結んだ。

同じ、強い想いを持つ人間に。

「……咲耶ちゃん、菊谷直さんって人のこと、好きだった……?」

咲耶は息を呑んで、やがて深くうつむいた。

川の流れる音だけが聞こえる。やがて咲耶が、押し殺したようにつぶやいた。

「……だって、知佳ちゃんが好きなら仕方がないって思ったんだ」

――バーベキューに菊谷直を誘ったのは、咲耶だった。

高校生の時以来の恋だったのだ。

知佳たちを含めて、あの場にいた男女の数は男が少し多いくらい。だから知佳と好きな人がかぶるなんて、思いもしなかった。

知佳の好きな人のことを聞いた時、彼女の口から菊谷直の名前が出て、息が止まるかと思った。

「早い者勝ちじゃないってのは、わかってる。だけど先に名前出されちゃって、好きだって言われたら……」

恋愛の神様なんだよね。すごいよね。一緒にわたしの恋を叶えてほしい、なんて言われたら、それ以上咲耶には何も言うことができなかった。

いつだって自分の恋は上手くいかない。

咲耶が手のひらを握りしめる。

「縁結びツアーの間、あたし無意識に願ってたのかもしれない。知佳ちゃんと直先輩の縁が切れること。あたし……知佳ちゃんのこと……憎いって呪ってたのかな」

そうしてその心は、かつて同じ願いを持った想いの固まりを引き寄せた。

それは伝説の、丑の刻参りの鬼の姿を持ち咲耶の前に現れた。

咲耶は川の中にたたずむ女を見やった。

「……あたし、あんなに怖いものになっちゃうんだね」

引きつったその声には嗚咽《おえつ》が混じっている。ひろは咲耶の手をそっとつかんだ。

「ならないよ」

大丈夫、となだめるようにその手に力を込める。

「丑の刻参りには、宇治の橋姫っていう元になった伝承があるんだ。でも橋姫は本来宇治川に祀られる、縁の神様だって言われてるんだ」

雄大な川はずっと昔から人の営みの傍を流れ続け、やがて海へ至る。ひとときも同じところに留まることはない。

すべてを押し流し運び去ってしまう、その力強さが今は必要だった。

「きっとこの川が、どこまでも遠くに流してくれる」

冬枯れの風が吹きすさぶ中、咲耶は宇治川の土手に造りつけられている階段に座って、水の中で嘆いている鬼の女を――自分の姿を眺めていた。

しゃくりあげてぽろぽろと涙を流すその背に、ひろはずっと手を置いていた。

時間は川の流れのようにゆっくりと、けれど確かに過ぎていく。

宇治川の力強い流れがふいに女の姿を押し流した。

川にとけて消えていく彼女は、どこか穏やかな顔をしていて。

それをひろも咲耶も、確かに見たのだ。


――宇治の抹茶スイーツのカフェで咲耶の話を聞いたあと、泣き疲れた彼女を一人暮らしのマンションまで送って、ひろが伏見に帰り着いた時にはすでに午後八時を回っていた。

ひろは着替えるのもそこそこに、慌てて清花蔵へ駆け込んだ。祖母は河原町で仕事があるからとまだ戻っておらず、今日の夕食も清花蔵の予定だったのだ。

「ただいまです！」

台所に一声かけて食事の間に入ると、大皿の料理はすでに駆逐《くちく》されたあとだった。思わずその場にずるずると膝をつく。

「……遅かったぁ……」

肉体労働中心の蔵人たちの前では、油断も、残しておいてくれるだろうという甘えも命取りである。冬から春にかけての清花蔵の食卓は戦争なのだ。

実里がころころ笑いながら、台所から盆を片手にやってくる。

「ひろちゃんが好きやて言うてたから、鰤《ぶり》のお造りにしたんやけど、ちょっと遅かった」

刺身はすべて蔵人たちの腹に収まってしまったという。ひろはまなじりを下げて実里を見上げた。

「……南瓜《かぼちゃ》は残ってますか？」

「うん。あと天ぷらとあら汁を残したあるさかい」

「すみません、あとで片付け手伝います」

「ありがとうね。ゆっくり食べたらええから」

実里がにこりと笑って盆をひろに渡してくれた。

その上には南京《かぼちゃ》の煮付けと椎茸《しいたけ》の天ぷら、鰤のあら汁と軽くご飯を盛られた茶碗《ちゃわん》が乗っている。こうやって盆に一人分の料理が乗っているのはどこか久しぶりのような気がした。

客間に入ると拓己が出迎えてくれた。帰る直前にメールをしたから、待っていてくれたのかもしれない。

「――おかえり、ひろ」

ひろはほっとしたようにうなずいた。その拓己の声で、ようやく肩の荷が下りたような、そんな気がしたからだ。

じゅわりと出汁《だし》が染みこんだ椎茸の天ぷら、骨からじんわりと旨味《うま》が滲む鯛のあら汁。ほくほくに炊《た》かれた南京の煮付けは、ひろの大好物だ。

実里の料理に舌鼓《したつづみ》を打ちながら、ひろはぽつぽつと咲耶のことを拓己に話した。

鬼のような想いはすでに宇治川へ流れて、きっと早晩元に戻るだろう。咲耶も知佳もも う、夢の中であの女に会うこともないだろうと、ひろは言った。

「人を呪わば穴二つとは、よう言うたもんやな」

咲耶には呪いなどという感覚はたぶんなかった。すべては無意識だったのだ。だから怖いと、ひろは思う。

「咲耶ちゃんも一生懸命だったんだ」

その想いの強さが咲耶の心を鬼にした。

その曖昧な心の縁には、誰もがいつも立たされている。

夕食のあと、一度母に呼ばれて台所に行った拓己が、盆を片手に戻ってきた。

小豆《あずき》をゆっくりと煮込み、小さな白い餅《もち》を浮かべたぜんざいだ。実里の手作りで、これもひろの大好物だった。

「いいの!?」

「鰤のお刺身、とっとかれへんかったからって。ほんまは明日のおやつやけどて母さんが言うてたわ」

拓己がそう言うから、ひろは遠慮なくいそいそと椀《わん》を持ち上げた。

濃厚な小豆の香りに、焼き目のついた餅が沈んでいく。甘く濃厚だが舌触りがさらりとしていて、お腹《なか》いっぱいご飯を食べたあとでも不思議と入ってしまうのだ。

盆の上の椀は三つ。拓己はその一つを畳に置いた。

「どうせいてるんやろ、白蛇」

そう声をかけると、どこからかシロがするりと顔を出した。ひろの膝に伸び上がって機嫌よさそうに椀を見下ろす。

「ぜんざいか！」

この白蛇も甘味には目がないのだ。

拓己がそういえば、と呆れたようにシロを見やった。

「お前、またひろの親戚のふりしたんやて？」

「ああ。親戚の拝み屋ということになっている」

餅を丸呑みしたシロが、どこか得意げに胸を張った。

「……不自然やろ」

「最初に言ったのはお前だぞ、跡取り」

確かに、一番最初に人の姿のシロのことをごまかすために、親戚だと言ったのは拓己だ。

拓己は不機嫌そうに唸《うな》った。

「ひろ、あんまり白蛇連れて歩かん方がええ。いつか駆除されるで」

甘いものをたくさん食べるのが苦手な拓己は、箸《はし》休めの塩昆布《こんぶ》をせっせと口に放り込んでいる。

ひろは言い訳がましく、でも、とつぶやいた。

「四年間、大丈夫だったし。それにシロがいて助かることもあるんだよ」

四年間でシロに助けられたことは、一度や二度ではない。

シロが得意げにぐんと伸びをした。

「そうだそうだ。四年間、ひろの傍にいたのはおれだぞ」

シロが薄く笑う気配がした。

「貴船でもそうだ。あの鬼の女から、おれがひろを守った――跡取り、お前じゃない」

拓己が一瞬息を詰めた。

何か言い返そうとしたのだろうか。しばらく口ごもって、結局小さな舌打ちを残して拓己がじっと黙り込んでしまった。

シロと拓巳の喧嘩《けんか》を、ひろはどこか心ここにあらずといった風にぼんやりと眺めていた。

ひろは隣の拓己をちらりとうかがった。不機嫌そうに押し黙ったまま、睨みつけるように庭を見つめている。

いつまで、拓己は傍にいてくれるだろうか。

デートは上手くいかなかった。

誰もが簡単にできるはずのちゃんとした『彼女』の役割を、ひろは十分に拓己に果たせていない。

それでも拓己の傍から離れられないのは、ひろのただのわがままなのだろうか。

拓己のその大きくあたたかな手がもたらす優しさは――ひろだけのものではないと知っているはずなのに。

ひろはじっと庭を見つめながら、耳を澄ませる。

どこかで――甲高い釘を打つ音が聞こえたような気がした。

どうしようもない想いにかられて、女は鬼になってしまった。けれどそれは誰にだって等しく訪れるかもしれないものだ。

咲耶にも知佳にも葵にも。

——そうして、それはひろも例外ではないのだ。

三　黄金の牙

1

拓己《たくみ》がクリスマスという行事を強烈に意識したのは、実は今年が初めてだった。

学生だった頃はこの時期、学校が冬休みに入るか入らないかというところで、部活の練習や忘年会、冬休みの課題の消化に追われていた。

社会人になってからは、仕事納めに向けて取引先への挨拶《あいさつ》に走り回っている時期で、新卒一、二年目は、忘年会の幹事などがそれに加わってくる。

そもそも酒蔵にとってこの時期は、仕込みの最盛期でもある。蔵人《くらびと》たちも杜氏《とうじ》も、時には夜を徹して蔵につき、樽《たる》の中の発酵《はっこう》の音を聞き、汗だくになりながら樽の中をかき回す。

拓己にとってクリスマスは、そういう時期だった。

——伏見《ふしみ》、大手筋《おおてすじ》から一本外れた通りにある静かなバーの一席で、拓己は目の前に置かれた小さな紙袋を、親の敵《かたき》のように睨《にら》みつけていた。

「——……重いですかね、これ」

「大丈夫やろ。そんな高いもんでもあらへんし」

隣で頬杖《ほおづえ》をついてしらけた目を向けてくるのは、若手会の先輩、赤沢充《あかさわみつる》だ。すでに二杯目のジントニックを半分ほど空にしている。

紙袋の中身は白く細長い箱だ。クリスマス限定ラッピングの、シャンパンゴールドのリボンがかけられている。誰もが見たことのあるような、ジュエリーショップのロゴが輝いていた。

拓己一人ではとうてい決められなかったから、アドバイザーとして女慣れしている充を引っ張り出した。その報酬《ほうしゅう》として、バーで好きなだけ飲んでいいと言ったのだ。

「……指輪の方が無難やったやろか。でも指輪は重いかもて雑誌に書いてあったし……」

拓己は紙袋を見ている間に這《は》い上がってきた妙な緊張をごまかすように、目の前のグラスを空にした。

このバーは充の知り合いがやっている店で、日本酒をカクテルとして取り扱ってくれている。拓己の酒蔵、清花蔵《きよはなくら》もこの店に『清花《きよはな》』を卸《おろ》していた。

喉《のど》の奥に馴染《なじ》みのある『清花』の匂いが流れ込んで、どこかほっとするのを感じる。

「拓己でも、いまさら彼女へのクリスマスプレゼントに悩むんか?」

充が妙な顔をした。

「……初めてなんですよ、おれ。こういうプレゼントとか、ちゃんと選ぶん」

「お前……そんな黙っててても女が寄ってきます、みたいなうらやましい顔しといて……」

目玉がこぼれ落ちんばかりに目を見開く充を、拓己がじろりと睨みつけた。

「適当なこと言うんやめてもらえます？　おれ別に女の人にモテたことあらへんですよ」

「いや、だって関東いてた四年間、さぞかしモテたやろ。東京で遊び回ってたに決まってるてみんな言うてるで」

この場合の「みんな」は、『洛南《らくなん》の今後を担《にな》う若手経営者の会』──通称若手会のメンバーだ。拓己が京都へ帰ってきてからの付き合いだが、みな年齢や立場が近いこともあって、新参者の拓己にも遠慮なく接してくれる。

充の「四年間」という言葉に胸の真ん中を突き刺された気分になって、拓己はぐう、とうめいた。

それを見た充が三杯目に頼んだハイボールを手に、にやりと笑った。

「まさかずっと好きやった幼馴染《おさなな》《じ》みに告白されて、彼女に似合う立派な男になるべく返事を四年も保留してた情けない男とは、誰も思てへんやろ」

ずず、とバーらしからぬ飲み方で中身をすすって、充が辛辣《しんらつ》に続ける。

「待っててくれたひろちゃんに、お前、感謝せえよ。おれがひろちゃんやったら、四年もほったらかされたら、もう顔も見たない思うわ」

充の言う通りだ。拓己は空になったグラスの中で、からりと氷を鳴らした。

大学を卒業したその春、拓己はひろを置いて東京へ行った。

好きだと――彼女が精一杯伝えてくれたその気持ちを、京都へ残したまま。

あの時どうしてひろの気持ちに応《こた》えられなかったのか、何度考えても答えは出ない。あの瞬間、嬉《うれ》しくてたまらなかったのに、同時にひどく怖くも感じたのだ。

あの時、拓己は二十二歳だった。

学生を終え、継ぐと決めていた蔵を一度放り出し、とりあえず社会に出ると決めたものの、自分の将来すらわからないままただ未熟だったのだ。

けれどひろはずっと先を見つめていた。

自分の力と向き合い、シロと向き合い、蓮見《はすみ》神社の仕事と向き合い、そして己の心と向き合い続けた。

自分の道のために学び続けると決めた彼女がまぶしかった。そしてその隣で守り続けられないのなら、その手を取る資格なんてないと思ったのだ。

「……半端な気持ちでその手ぇ取ったらあかんて、思てたんですよね」

その卑屈《ひくつ》さが己の幼さだとも、その頃は気づかずに。

「――ずいぶん都合がええな」

充の冷めた声がする。この年齢で人気レストランを経営しているだけあって、充の本質は甘くない。

拓己は四年間、自分の弱さとエゴでひろを振り回して、そうしてのこのこと戻ってきてしまった。まだひろが待っていてくれるのなら、今度こそその手を取るつもりで。

ひろにとっては大学生の四年間だ。

ひろの傍《そば》には、自分ではない誰かがいるかもしれないと思った。

あの子の輝きに気づいた自分ではない誰かが、とうにその手をとっていて——ひろにはそれを受け入れる権利があった。

けれどひろは待っていてくれた。

だから待たせた分、大事にしたいと思う。

「で、四年間の罪悪感とそれ以前の何年かの幼馴染み期間のせいで、半年間、ろくに手ぇも出せず、と」

充は遠慮なく四杯目をオーダーする。若手会の中でも充はザルの方だ。その手に戻ってきたグラスには、バーのほのかな明かりに鮮やかなミントが輝くモヒート。

反論する余地もなく、拓己はぐったりとうなずいた。

「あいつ、たぶん幼馴染みの延長ぐらいに思てるんです」

幼馴染みとしてひろを大切にしたい気持ちと、もう少し関係を進めたい気持ちが、いつも拓己の中に並んでいる。

　清花蔵の縁側でふわふわと笑いながら、安心しきっている顔を見ると、たまらない優越感がある。同時に、ひどく不安にもなるのだ。

「兄とか、近所の兄ちゃんとか、おれまだそういう風に見られてるんやろうか……」

「それで、クリスマスにネックレス？」

　充が鼻で笑う。拓己がもそもそと言い訳がましくつけ加えた。

「あいつ共学校やし。研究室は半分以上男やていうし。クリスマス終わってアクセサリーの一つもつけてたら、ちゃんと彼氏いるんやてわかるやろうし……」

「四年間ほったらかした彼氏な」

　忘れた頃にまた刺される。恨みがましく充を見やると、サービスのナッツを楽しそうにかみ砕いていた。

　拓己は左腕の時計を見やると、グラスを置いて立ち上がった。

「あ、すいませんおれ、払って出るんで。充さんはゆっくりしててください」

「いや、おれも明日の仕込みあるから出る。蔵忙しいんやっけ、遅くまで悪いな」

　とはいえまだ夜八時も過ぎていない。充も仕込みや、早朝からの仕入れがあることも多いので、二人で呑《の》む時にはあまり遅くならないのが常だった。

拓己は首を横に振った。

「今日はおれ、蔵は昼までです。弥生《やよい》さんに呼ばれてるんです」

「……弥生さんて、井上《いのうえ》弥生さん？」

拓己はうなずいた。

井上弥生は若手会のメンバーだ。以前から何度か相談事を受けていて、今回も二十分でいいから話を聞いてほしいと、大手筋のカフェで待ち合わせをしていた。

充が自分もグラスの酒を飲み干して、妙に真剣な顔で言った。

「お前気ぃつけろよ。お前と弥生さん、お似合いの美男美女やて言われてんの、知らへんのか？」

「美男て……。そら、弥生さんの方はきれいな人ですけど」

ジャケットを羽織った充が大仰に嘆息する。

「〝お似合い〟って思われてるとこ、気にしろよ。外から見たらそういう風に見えるんや。お前、ひろちゃんに気ぃ遣たりや」

拓己は思わず瞠目《どうもく》した。つまるところ自分が女性と歩いていて、ひろが何か思ってくれることがあるということだろうか。

そんなことを考えたこともなくて、拓己は思わず自分の手で口元を押さえていた。

たとえばひろが怒ったりとか、悲しんだりとか——嫉妬《しっと》したりとか。

バーから出たところで充と別れたあと。拓己は、己の考えに思い至って頭を抱えた。

「…………おれ最低かもしれへん」

そうつぶやいて頭を冷やすように、十二月の冬空を見上げる。雲一つない夜空に、宝石を砕いたような星が散りばめられていた。

ひろが自分のために怒ったり悲しんだり、誰かといることを妬《ねた》んでくれるのを想像する。彼女の気持ちの矛先《ほこ》が、何であれ自分に向いていることに、理性ではだめだと思うのに、本能は恥知らずにも嬉しいと叫んでいる。

その己の幼さに拓己は内心舌打ちした。これでは四年間も待たせた意味がない。

大手筋の明るいアーケードに向かって歩きながら、拓己は一つ嘆息した。

ひろに会いたい。

かつて万人に向けられていた拓己の優しさは、少しずつ重さを増してただ一人に向かっている。

拓己は片手にぶら下げた小さな紙袋を、ゆらゆらと揺らした。

重くならないように、あの子の枷《かせ》にならないように。

己の心を律するように、拓己は心持ち背筋を伸ばした。

恋人同士のクリスマスの正しい過ごし方について、ここ最近、ひろはずっと悩んでいた。葵《あおい》や咲耶《さや》に聞いたり、読み慣れないファッション誌をめくってすらいた。

方々から仕入れた情報によると、いつもよりちょっとオシャレをして、街中に遊びに出かけて、夜はディナーなどをごちそうになるらしい。

「クリスマス、どうしたらいいんだろう……」

咲耶に借りたファッション誌を眺めながら、ひろはぽつりとつぶやいた。

十二月も半ばにさしかかり、大学は冬休みの気配を滲《にじ》ませている。ひろも年明けの発表準備が一段落し、こうしてクリスマスに悩む余裕も出てきたところだった。

「今まで、クリスマスどうしたはったんですか？」

大机の向かい側では、葵が目にも留まらぬ速さでキーボードを叩いている。学部生ながら、研究室の経理を一手に任されている葵はこの時期、鬼気迫る表情で働いていた。院生にも教授にもこの手の作業が苦手なものが多く、必然的に葵に頼ることになってしまうのだ。

ひろも手伝おうとはしているのだが、邪魔だと言わんばかりの葵の視線に負けて、机の向かいでおとなしくしている。

せめてもの手伝いとして、葵が入力し終わった領収書をまとめながら、ひろは思い出すように宙を眺めた。

「クリスマスっぽいことは、何もしてこなかったなあ」

高校でも大学でも、学校はテストが終わって気が抜ける頃だったたし、祖母は師走《しわす》の忙しさに走り回っていた。清花蔵は仕込み中で、一年で一番忙しいと言っても過言ではない時期だ。

葵が一息ついて机の横を見やった。そこには院生や教授が罪悪感に負けて貢いでいった、コーヒーやシュークリーム、袋菓子などが積まれている。その貢ぎ物の山から、葵は缶コーヒーを引っ張り出した。

「東京ではどうやったんですか?」

ひろが高校生の時に京都にやってきたということを、葵も知っている。

「お母さんが忙しくて、高校生の時からおばあさんとこに住んだはるんですよね」

ひろの母、誠子《せいこ》は東京で高級アパレルブランドのバイヤーとして働いている。ピンヒールにタイトスカート、この時期はロングコートを靡《なび》かせて颯爽《さっそう》と歩く母は、仕事にすべてを捧げた人だった。

ひろの父は単身赴任でニューヨークにいるため、東京での日々のほとんどを、ひろは母と二人、マンションで過ごした。

東京でのクリスマスを思い出して、ひろは曖昧《あいまい》に笑った。

この時期アパレル業界は、ボーナスと年末の繁忙期と年始のセール準備のすべてが重なって、一年で一番忙しい時期だ。

そんな中で過ごすクリスマスは、ニューヨークの父とテレビ電話で話したあと、夜遅くに母と二人で小さなケーキを食べたような思い出がある。

その間、母はかかってくる電話に対応しながら、ずっとタブレットを睨んでいた。

父も母も不仲ではない。互いの仕事を尊重しているだけなのだとひろにはわかる。そして母とひろも互いのことが嫌いだとか、仲が悪いとかそういうわけでもない。

ただ、ひろと母は住む場所が違うのだと思う。

母はめまぐるしく流れる都会の時間を生きていくことができる人で、ひろにはそれが無理だった。

「……東京でも、あんまりだったかな」

わずかに沈んだひろの声を察した葵が、缶コーヒーを飲み干して、つとめて明るく笑った。

「じゃあ、きっとひろ先輩にとって、初めての素敵なクリスマスやないですか」

ひろはどぎまぎとうなずいた。

今年は——拓己と恋人になって初めてのクリスマスだ。

「それで、結局彼氏さんの浮気相手はどうなったんですか」

浮かれたひろの心を、葵の言葉がまっすぐに突き刺した。

「……浮気じゃない……と思う」

「だから、冗談ですって」

葵が真顔で、再びキーボードに向かい始めた。ひろも輪ゴムで領収書をまとめる作業を再開する。

——結局、拓己と話していた女の人のことを、ひろは聞くことができていないままだ。

仕事相手とか、若手会の人だろうとか……拓己とは何でもないはずだとか。考え始めるとぐるぐると深みにはまっていくような気がする。

そもそも、聞いてしまってもいいのだろうか。

心の狭い恋人だと思われたりしないだろうか。

ひろは小さく首を横に振った。

拓己のあたたかな手の優しさを享受《きょうじゅ》して、ほっと安心しきったようなその〝彼女〟の表情を、ひろは心の奥底にじっと沈めてしまうことにした。

2

週の初め、大学の帰りに、ひろは拓己に連れられて伏見稲荷《いなり》大社まで来ていた。若手会の知り合いの相談を受けていて、ひろにも手伝ってほしいと拓己が言ったからだ。

伏見稲荷大社といえば、清水寺《きよみずでら》と同じく京都の観光名所の一つだ。

鬱蒼《うっそう》と木々の茂る山全体が一つの神域として、ぐるりと参道が巡らされている。朱色の鳥居が連なる千本鳥居、雷神が降りたとされる雷石《かみなりいし》など、山中にも名所が多い。

大社に向かう参道は、土産《みやげ》物屋や食べ物屋がたくさん建ち並ぶ界隈《かいわい》だった。

白く細身の狐の面に、その面を模したせんべい、朱色の鳥居のキーホルダーや千社札《せんじゃふだ》。抹茶《まっちゃ》アイスや和風カフェなど、観光地の定番に加え、伝統的な甘酒を出す店などが、左右に軒《のき》を連ねている。

拓己はその賑わいの中にある、小さなギャラリーに案内してくれた。

真新しいビルの一階で、細い銀色の取っ手がついたドアも、光をたっぷり透かす一面の窓にも、わざと波打つように作られたガラスがはめ込まれ、ゆらゆらと陽光が揺らめいている。まるでビルの側面を、瑞々《みずみず》しい波紋が駆け上がっていくようだった。

ドアを押し開けると繊細な風鈴の音がチリンと鳴る。見上げると、ひろの握りこぶしほどの、鉄製の風鈴がぶら下がっていた。

「――いらっしゃい」

その風鈴と同じ、涼しげな声が聞こえた。

顔を向けて、ひろはぎくりと身を震わせた。

肩でそろえられた栗《くり》色の髪が、軽やかに外向きに跳ねている。メイクは控えめだが、元の肌が白いのだろう。透けるような肌に薄いピンク色のチークがひかえめに乗っていて、はっとするほど美しかった。

あの日――その肩に拓己の手が乗っていた。

「井上弥生といいます」

その人はあの日、清花蔵の前で拓己と会っていた女性だった。

丁寧にそろえられた指先はベージュのネイルが施され、触れただけで砕けてしまいそうなほど繊細な金色のリングが、人差し指と小指に二つずつ重ねられている。

「……あ、み、三岡《みつおか》ひろです」

ひろは慌てて、ぎくしゃくと頭を下げた。

「弥生さんは若手会の人なんや。このギャラリーのオーナーなんやで」

拓己が教えてくれる。小鳥がさえずるような、弥生の可憐《かれん》な声が続いた。

「わたしも若手会は新参なの。拓己くんには助けられてばっかりなんだ」

「弥生さんの方が、おれよりふた月早いですよ。先輩です」

拓己と弥生が顔を見合わせて微笑《ほほえ》み合う。互いを自然に名前で呼び合っていて、ひろはうなずくふりをして、視線を下に逃がした。

「三岡さんは拓己くんの幼馴染みなんやっけ？」

弥生に問われて、それでまたひろは動揺した。拓己はこの人に、ひろのことを彼女とは紹介しなかったのだ。

拓己は公私混同をする人ではないから、相談事の相手に、ひろを彼女と紹介することはあまりない。そんなことくらいわかっている。

拓己も弥生もお互い名前呼びなのは、若手会に二代目や三代目が多いからだ。屋号も名字もややこしいから、名前で呼ぶ文化がある。拓己にそう聞いたことがある。

どちらも落ち着いて考えればなんでもないことなのに、心臓がぎゅっと締めつけられるような心地だった。

「……はい。小さい頃から、拓己くんに助けてもらってて。ずっと一緒です」

張り合うように、いらないことがつらつらと口から出た。まるで自分の方が拓己を知っているのだと、そう見せつけるような己の言動が格好悪い。

「いつも……お家《うち》にもお邪魔させてもらってるんです」

それでも止まらなかった。自分の心も口も、己のものではないみたいだ。

「そうなんだ。仲良しなんだね。拓己くんがね、何か気になることがあったら、三岡さんが蓮見神社の子だから、相談するといいよって言ってくれたんだ」

弥生は、ひろのことを少しも気にしていないようだった。早春の花がほころぶように、控えめに笑う。

それがまた気に障《さわ》った。

息が詰まるような思いをなんとか飲み下して、ひろは一生懸命顔を上げた。

拓己はひろに相談事があると言った。だったらこれは仕事だ、と自分に言い聞かせる。

「相談事があるって聞きました。わたしでできることなら、任せてください」

ひろにしては強い言葉だった。

この人と拓己がそろっている前で、間違えたり失敗したくない。無様なところは見せたくないと強く思った。

弥生は一つうなずいて、拓己とひろに、ギャラリーの中を案内してくれた。

波紋を描く広いガラス窓の内側は、小さなカフェほどの真四角の空間だった。

つるりと曲線を描く丸い受付のテーブルと、同じ素材の白い椅子《いす》。次の展示の準備だろうか、組み立てられたパーテーションや、ひろの腰ほどの高さの台が二つ三つ、部屋の隅《すみ》に固められていた。

受付の後ろから、ギャラリーの裏に入ることができると弥生は言った。

バックヤードと呼ばれるそこは、表の倍くらいの広さはありそうだ。

壁紙はなく、コンクリート打ちっぱなし。壁際には本棚がいくつかとパソコンが乗った事務机、小さな応接セットが置いてあった。

展示中は表に出さない絵や彫刻の保管場所として使うのかもしれない。今は全体的にがらりと空いていたが、壁面には掛け軸や油絵がぽつぽつとかけられている。

そのコンクリートの壁を背景に、大きな屏風《びょうぶ》が置いてあるのが目についた。

「わあ……」

ひろは思わず感嘆のため息をついた。

高さはひろの背丈ほど。横幅は両手を広げても、まだ屏風の方が大きい。真ん中から左右二つに分かれていた。

金箔《きんぱく》がふんだんにあしらわれ、電灯の光をとろりと反射している。

眼前いっぱいに広がる迫力に、ひろは今までの空気も忘れて弥生を振り返った。

「すごいですね……！」

「『洛中洛外図《らくちゆうらくがいず》屏風』っていうんだよ。芸大生さんの卒業制作で、次の展示で使うのをしばらく前に運び込んだんだ」

なるほど、屏風はまだ真新しかった。金箔はつやつやと光をはじき、絵の具の発色も鮮やかなように思える。

洛中洛外図は、かつての都の様子を描いた屏風のことである。その時代の市や人々の服装、建物や祭の様子などが描かれ、貴重な研究対象になってきた。

「これは安土桃山《あづちももやま》時代を描いたのかな。本物の洛中洛外図はもっと大きくて、国宝や重要文化財に指定されてるのも多いんだよ」

弥生の言葉を背に、ひろは興味津々《しんしん》でその屏風を眺めた。

屏風は二曲一双《にきよくいつそう》——二つに折りたたむことができるようになっているものが、左右で一つずつある造りだった。これでもまだ小さい方だという。

金箔の雲がゆらゆらとたなびいていて、都全体を金色《こんじき》に染め上げている。

右隻《うせき》——向かって右側の屏風には祇園《ぎおん》や東山《ひがしやま》、東寺《とうじ》などが、左隻《させき》——向かって左には貴船《きぶね》や鞍馬《くらま》、嵐山《あらしやま》の天龍寺《てんりゆうじ》などが描かれていた。

中央にはそれぞれ洛中の姿が描かれ、人々の往来の様子や、かつて京の都の中心であった内裏《だいり》が連なる屋根と共に豪奢《ごうしゃ》に描かれていた。

弥生が右隻の右を指した。

「この屛風はだいたい左が北、右が南になってて、こっちの隅が伏見だね」

そこには確かに朱色の鳥居が見えた。今と少しおもむきは違うが、伏見稲荷大社だとわかる。そのすぐ隣を見て、拓己がへえ、と声を上げた。

「じゃあ、こっちが伏見城や」

屛風の右上、小高い丘の上に城が描かれていた。黄金の天守閣《てんしゆかく》を持つやや小ぶりな城だ。

弥生がうなずいた。

「ちょうど豊臣秀吉《とよとみひでよし》が伏見城を建てた時期なんだと思う」

京都、伏見は、太閤《たいこう》豊臣秀吉が建てた荘厳な城、伏見城の城下町として整備された。今でも桃山の丘の上には、『桃山城』と呼ばれる城が堂々と建っている。それが『伏見城』のことだと、ひろも教えてもらった。

だがその洛中洛外図に描かれた城は、今の桃山城とずいぶん雰囲気が違うように見えた。

その時、ごそりとコートのポケットの中で何かが動く気配がして、ひろは飛び上がった。

「うわっ」

拓己が慌ててひろのコートのポケットに手を突っ込んだ。その手の隙間《すきま》から、シロの小さな頭が見えている。いつの間に、というのはシロには関係のない言葉だ。

「おれも見たい」

シロがばたばたとポケットの中で暴れているのがわかる。ポケットの布がぽこぽこと動いて、今にも拓己の手の隙間から飛び出してきそうだった。

ひろは弥生が屏風を眺めているのを確認して、シロにそっと囁《ささや》いた。

「あとでシロも見られるように頼んでみるから」

シロが不承不承おとなしくコートの中に引っ込んだのを見て、ひろと拓己はお互いにほっと息をついた。

シロがこの洛中洛外図に惹《ひ》かれる理由をひろも拓己も、よく知っている。

右隅に描かれた黄金の天守閣に座っていた人間を、シロは知っている。

弥生はひろと拓己を促《うなが》すように、屏風の横に回り込んだ。

「――問題は、そっちの屏風じゃないんだ」

屏風の横の壁に、隠れるようにしてその小さな掛け軸はあった。

素朴《そぼく》だが美しく仕立てられていて、銀灰《ぎんかい》の天地に白色の一文字。本紙に比べて表装は真新しい。

「すごく古い絵ですね……」

ひろは困惑したように絵を見つめた。古い、というよりはほとんど何が描かれているか判別できない。

本紙は黄ばんで元の色もわからないし、あちこち虫に食われ、湿気と黴《かび》で大きな染みが残っている。

ただ中程にぼんやりとなにかの輪郭《りんかく》が見えた。

ひろは拓己と共にその掛け軸をじっとのぞき込んだ。

「白い花やろうか。それから、この端のは木のような気もする」

「山茶花《さざんか》とか、白椿《つばき》とか、そういう感じなのかな」

ひろはううん、と首をかしげた。どうも全体的にぼやぼやとしてはっきりしない。

「たぶん、そうだと思う。わたしもわからないの」

弥生はそこでぐるりとギャラリーを見回した。

「このギャラリーのビルが建つ前、ここにとても古い家が建ってたんだって」

ギャラリーの真四角のビルは、去年新しく建てられたものだ。それ以前は、いつから建っていたかもわからない古い屋敷があった。

町屋の造りで、表に面した小さな家と、裏の中庭に蔵が一つ。

わかっているのは、どうやら以前は商売をやっていたのだろうということぐらいだった。

家の持ち主はずいぶん前に亡くなり、そこをオーナーが買い取りビルを建てた。それを弥生が借りてギャラリーを開いたのだ。

「ビルを建てた時に、前の家と蔵を取り壊したんだけど、どうも前の持ち主が骨董《こっとう》趣味だったらしくてね」

蔵の中からごろごろと溢《あふ》れ出した骨董品は、どうやら前の主の見る目がなかったらしい。ほとんど二束三文で骨董品屋が買い取っていった。

この掛け軸はそれでも値がつかなかったものだ。誰が描いたのか、いつの時代のものなのか定かではないその絵を、弥生は引き取ることにした。

「古い蔵だったから、雨漏《あまも》りしてたらしくて……何が描いてあるのかよくわからないんだ」

せめて飾ることができるようにと、新しく軸装してもらうことにした。それが弥生の手に戻ってきたのが、秋の終わり頃。

──妙なことが起き始めたのは、そこからだった。

弥生はずいぶん迷った末に、ぽつりと言った。

「仕事が終わらない時、わたしよくここに泊まり込むんだけど……」

その日も一息ついたのは、夜半をとうに過ぎた頃だった。

作業の手を止めた弥生の耳に、こつ、こつと何かを叩く音が聞こえた。ギャラリーのドアを誰かが叩いているような、そんな音だった。

誰かが訪ねてきたのだろうか。そう思って様子を見に行くのだが、ドアの歪んだガラスの向こうに、人影は見えない。

けれど、音だけが続く。

こつ、こつ。こつ、こつ……。

ふいに、ゆらりと波紋の向こうに影がうつったような気もする。それは人の姿のようにも見えたし――ずんぐりとした、大きな獣《けもの》のようにも見えた。

「わたし、怖くて……ドアを開けて確かめることもできなくて……」

震えるようにうつむいてしまった弥生の肩を、拓己がなだめるように叩いた。

「最初おれが、弥生さんから相談受けてたんや。ストーカーとか強盗やないかって」

拓己が付き添って警察に行ったこともあったそうだが、結局パトロールを強化するくらいしか、できることがないと言われたそうだ。

ひろは弥生の細い肩に乗っている拓己の手を、振り払ってしまいたい衝動にかられた。

ぐっとのみ込んでうつむく。

ひろが黙り込んでいると、弥生がおそるおそる顔を上げた。

「……信じられないよね。ごめんなさい」

ひろは慌てて、首を横に振った。

「大丈夫です」

「警察やなくて、これはひろの領分やなと思て」

ひろはしっかりとうなずいた。

これは仕事だと、もう一度自分に言い聞かせる。

「順番は、掛け軸が弥生さんのところに戻ってきてから、その音が始まって――」

拓己が掛け軸を見やった時だった。


――かくれなくては。


ひろは、はっと顔を上げた。

ぱたぱたと軽い足音がする。

誰かが――子どもが走り回っているような小さな音を、ひろの耳は確かに拾っている。

「……何かいる」

ひろが思わずそうつぶやいた途端、弥生がひっと肩を跳ね上げた。

――こわい。……かくれなくては。どこに。にげなくては……。

か細い少女の声だ。逃げ惑うように走り回っている。ひろは戸惑いながらあたりを見回した。これがガラスのドアを叩いていたものの正体なのだろうか。

「……やっぱり、何かいるの？」

泣きそうな弥生の声に、ひろは我に返った。

弥生が縋《すが》るようにひろに手を伸ばす。

「拓己くんが、三岡さんなら蓮見神社の子だから……なんとかしてくれるって」

弥生の指先は緊張と恐怖で、冷え切っていた。小きざみに震える弥生の手を、ひろは思わず両手でぎゅっと包み込んだ。

弥生は本当に怖がっていて、藁《わら》にも縋る思いなのだ。

そう気がついた途端ひろは、己がとても小さい人間のような気がして恥ずかしくなった。

仕事だとわかっているのに割り切ることも、自分の気持ちにまともに向き合うこともできずに、振り回されているだけだ。

弥生の冷え切った手を握りしめて、ひろはできるだけ明るく声をかける。

「大丈夫です！　わたしがなんとかします……まだ未熟ですけど」

その言葉に弥生がほっと顔をほころばせたのがわかった。砂糖菓子がほろりとほどけるような、甘く優しい微笑みだった。

「ありがとう」

決めたはずだ、とひろは自分に言い聞かせた。

蓮見神社を継ぐのだと。人ではないものに寄り添い、人の気持ちに向き合い。

――拓己の隣に立つのに、ふさわしい人になるのだ。


ひろと拓己はそのまま、弥生のギャラリーに泊めてもらうことにした。何かが訪ねてくるのは決まって夜だと弥生が言ったからだ。

時計はすでに、夜中の十二時を回ろうとしていた。

ソファとセットになっているガラステーブルの上には、近くのコンビニで買い込んできた、夜更かし用のお菓子やコーヒーが、所狭しと並べられていた。

「シロもコーヒー飲む？」

ひろはシロ用の紙コップを指した。ポケットから出してもらったシロは、先ほどからずっと洛中洛外図を眺めている。

「いや、いい。おれはコーヒーは苦手だ」

そういえばシロがコーヒーを好んで飲んだところを、ひろは見たことがない。シロはそろりと視線を明後日《あさって》に逃がした。

「あれは無駄に苦い……」

「舌がお子様なんとちがうんか」

拓己がこれ見よがしにブラックコーヒーを飲み干して笑う。

しばらく睨み合っていた一人と一匹だが、やがて拓己がソファから立ち上がって、黄金色の屏風の前で、じっとそれを見つめた。

「白蛇《しろへび》は、この頃の伏見を知ってるんやろ」

黄金色の洛中洛外図は、安土桃山時代を描いているそうだ。

四百年以上前の、京都の姿だ。

シロは洛中洛外図から視線を離さないまま、どうやらこくりとうなずいたようだった。

「これは想像図だな。あの頃の姿とはずいぶん違う」

学生が作った作品だと弥生は言っていた。絵図であるため、もとより細かな位置や建物の姿形は想像の色が濃い。

しかしシロは吸い込まれるように、その伏見城の天守閣を見つめていた。

「――……だが雰囲気がよく似ている。……あの男が建てた伏見城の最初の姿だ」

シロの月と同じ金色の瞳は、凪《な》いだように静かだった。

ひろも立ち上がって傍によると、床の上にいたシロを自分の手のひらにすくい上げた。

「豊臣秀吉のことだね」

天下人、太閤豊臣秀吉はかつてのシロの――友人と言うべきなのだろうか。

シロのどこか呆《あき》れたような声が続く。

「もう晩年のことだ。あれは都の中に大きな邸《やしき》を建てたあと、今度は伏見に城を建て始めた。土地を埋め立て川を曲げ――身の回りを黄金で飾り付けた」

豊臣秀吉について、シロはひどく複雑な思いを抱いているようだった。古くからの友人のようでもあり、シロたちの棲《す》み家である自然の様を、勝手に曲げた敵のようでもある。

少なくとも、シロは晩年の太閤豊臣秀吉と酒を酌《く》み交わし、美しい月を愛《め》で、共に過ごしたことがある。ひろはそう聞いている。

「死に近づくにつれて、あの男はより美しいものや強いものに手を伸ばし、そして少しずつ人の道から――おれたちに近しいものになっていったような、そんな気がおれはする」

シロはひろの腕をするりと上って、肩の上にたどり着いた。ひろの頬にその小さな頭をすり寄せる。なめらかでひんやりとした鱗《うろこ》の感触がした。

晩年の豊臣秀吉について、ひろは教科書やテレビで見た知識しか持っていない。ただ天下人として権威を振るった中で、暴君じみた一面もあったそうだ。

洛中洛外図に描かれた伏見城は、その頃の彼が建てた城だった。

拓己が洛中洛外図の右上を指した。

「最初の姿てことは、いわゆる、幻の伏見城ていうやつか」

伏見城が実は三つ——三度建てられたというのは、有名な話だ。

「今の桃山城の近くに建ってたのが、二番目のやつだよね」

今の桃山の丘の上には、かつて遊園地があった。その時に伏見城をモデルとして建設されたのが、現在『桃山城』と呼ばれている模擬天守だ。

その桃山にかつて築城されたのが、二番目の伏見城、通称『木幡山《こはたやま》伏見城』である。

この城は豊臣秀吉亡きあと、関ヶ原《せきがはら》の戦いにともなう『伏見城の戦い』で焼け落ちることになる。そののち徳川家康《とくがわいえやす》の手で、同じ場所に再建されたのが三番目の伏見城だ。これも廃城となって、解体されている。

ひろと拓己はどちらからともなく、洛中洛外図を見つめた。

そこに描かれた伏見城、天守閣は黄金に彩られていた。

黒塗りの屋根の輪郭をなぞるように、金箔瓦《がわら》が葺《ふ》かれている。絢爛《けんらん》に輝くその城は威厳に満ちあふれているように見えた。

ひろはぽつりとつぶやいた。

「じゃあ、これが最初の『指月《しげつ》伏見城』なんだね」

豊臣秀吉が最初に建てたとされる一番目の伏見城、通称は『指月伏見城』だ。シロが何かに想いを馳《は》せるように、宙に視線を投げた。

「今の桃山の丘の南に、指月の丘がある。あの城はそこに建っていた」

指月の丘は、宇治《うじ》川の北岸に位置する観月の名所だ。見下ろせばそこには宇治川の雄大な流れと、広い空に輝く月の姿が見える。

かつてその南には——蓮《はす》の花が咲き乱れる広大な池が広がっていた。

ひろも拓己も、そしてシロも。そのことをよく知っている。

眼下に美しい景色が広がるその場所に、太閤豊臣秀吉は最初の伏見城を築城した。

だが完成間近、のちに慶長《けいちょう》伏見地震と呼ばれる巨大な地震が伏見を襲い、指月伏見城はほぼ全壊したという。

拓己がスマートフォンを引っ張り出して、ざっと調べてくれた。

「指月伏見城はずいぶん長い間、文献にだけ書かれてた幻の城やと思われてた」

指月伏見城が崩れたあと、秀吉は二番目の城を、少し場所を変えた木幡山に建て始める。

その時に指月伏見城の廃材を転用したことや、指月の丘が住宅地になってしまったことで、遺構が見つからず、指月伏見城はわずかな文献にだけ残る、幻の城だとされていた。

「せやけど最近、発掘調査で指月城の跡が見つかったんやて」

拓己がスマートフォンの画面を見せてくれた。

指月の丘――今は泰長老《たいちょうろう》と呼ばれる地区で、大規模な発掘調査が行われた。その結果、指月伏見城の築城の痕跡《こんせき》が見つかったという。

美しい月を望むその丘には、確かに最初の――そして幻の城が建っていたという、その証明だった。

黄金色の洛中洛外図は、伏見城を南の端として途切れている。

だがその先に広がるはずの――指月伏見城から見えたはずの景色を、ひろは想像した。

緩やかな丘の上に、黄金に彩られた荘厳な城が建っている。

瓦まで金箔をあしらわれていたというから、まぶしいほどに輝いていたことだろう。

黄金が陽光を反射する。夕暮れ時は赤く染まったかもしれない。

夜になれば月が浮かび、南に広がる宇治川と、そして広大な池にその身をうつす姿が見えた。

「……見てみたかったたな」

ひろは小さくつぶやいた。

今はもう失われてしまった景色だ。

城は崩れ、池はすでに埋め立てられて、もう残っていない。

「あの城はギラギラとしていて、あの男の趣味の悪さが前面に押し出されていた」

シロの金色の瞳は、洛中洛外図の伏見城を見つめている。

「だが――」

どこか懐かしそうな、そんな色をしているような気が、ひろにはした。

「天守閣から見下ろすこの地の景色は、確かに悪くはなかった」

ひろはシロの小さな頭を、そっと指先で撫《な》でてやった。

吐息のようにかすかな想いを吐き出すその神様が、とても寂しそうに見えたから。

――ふいに、こつりと音がした。

ひろと拓己は同時に顔を上げた。ギャラリーの表、ドアの方だった。

こつ、こつ。

誰かがガラスのドアを叩いている。弥生の言っていたあの音だろうか。

弥生は外には誰もいなかったと言っていたが、ひろには流水を描いたガラスの向こうに人影が見えた。

ひろは拓己を見上げた。拓己が無言で一つうなずくと先に立って、ドアに向かう。

「……どちらさまですか」

ドアを開けた先で、拓己が上を見上げたのがわかった。

外には二人の男が立っていた。拓己も長身の方だが、それでもまだ見上げなければならないほど背が高い。ひろにとってはほとんど壁のようだった。

野太く、快活な声が上から振ってくる。

「――なんと、ようやく我らに応えるものが来たか」

見上げた先で、いかめしい顔をした大男が二人、そろってひろと拓己を見下ろしていた。

招き入れられたギャラリーの中、二人の男は古めかしい仕草でひろと拓己に頭を下げた。

片方は頑強な体つき、片方はひょろりと細い。どちらも着物に袴《はかま》、羽織を纏《まと》っている。着物も袴も藍鼠《あいねず》色のそろいだったが、羽織は頑強な方が濃い藍色、細い方が臙脂《えんじ》色だった。

二人とも顔つきはよく似ていた。

ごつごつとした顔に、ぎょろりと大きな目がはまっている。寺でよく見る、仁王像のようだとひろは思った。

シロが牽制《けんせい》するように赤い舌をシャアっとひらめかせた。ひろの肩の上で男たちを睨みつけている。

「気をつけろ、ひろ。人ではないぞ」

頑強な方が口を開いた。

「我が阿《あ》──」

細い方が続く。

「我が吽《うん》」

どちらも強い意志のこもった、腹の底からの名乗りだった。

阿、吽の二人はひろと拓己が勧めたソファには座らずに、律儀に床に正座をした。腰を少し浮かすような正座の様は、時代劇でひろも見たことがある。

二人を床に座らせて、自分たちばかり座るというのも具合が悪かったので、自然とひろと拓己も、床に座り込むことになった。

「──我らは、獅子《しし》である」

阿が開口一番にそう言った。口がぐわりと大きく開いて、ちらりと見える歯がぎらりと尖っている。

──阿、吽の二人は、かつて大きな獅子の絵であった。阿がごつごつと渦巻くような、吽が風に靡《なび》くような繊細な毛並みを、それぞれ持っていたのだそうだ。

吽はどこか得意げに、しかししかめ面《つら》は崩さずに続けた。

「我らは対をなす屛風でありました。狩野《かのう》の名を持つ絵師殿が、我らを描いたのです」

「狩野て、あの狩野派てことか」

拓己が目を丸くした。狩野派といえば、有名な絵師の一派だ。

「我らは、太閤殿下の御代《みよ》を守るお役目をいただいておった」

阿のぎょろりとした目が満足そうに細められ、傍《かたわ》らの洛中洛外図に描かれた、指月伏見城を見やる。

「あの指月の丘に立つ城に、我らはおったのだ」

ひろは慌てて膝《ひざ》立ちになって、洛中洛外図を振り仰いだ。

彼らはかつて、指月伏見城に飾られていた絵だったということなのだろうか。

ひろは躊躇《ためら》うように、目の前の阿、吽の獅子を見やった。幻の城がどうなったのかは、ひろももう知っているから。

「……それじゃあ、もう……」

阿、吽の二人は臆することなくうなずいた。吽が続ける。

「──助かったものも多くいたようだが、我らはあの城が崩れた日、共に深く地の底へ埋もれたようです」

慶長伏見地震が起きたその日、完成間近だった城には、豊臣秀吉がすでに入城しており、たくさんの調度品の類《たぐい》も運び込まれていたのだろう。

阿、吽の絵もそこにあったに違いなかった。

「それからずっと地の底で眠っておりましたが、最近になってようよう日の目を見たのです。しかしすでに――我らは土の中で朽ちておったようでございますな」

　叶が唇に静かな笑みをのせた。

　発掘が行われたのは、地震から四百年あまり経《た》ってから。土の中で一枚の絵が朽ちるには十分な時間だった。

　ひろも拓己も、何も言うことができなかった。

　阿がからからと笑う。

「そのように暗い顔をなさるな。こうして想いのみでわずかの間、とどまれるだけでも僥倖《ぎょうこう》よな」

　強い想いが形となることはひろも知っている。人間も、そうでないものも同じだ。

　ひろは気を取り直して、二人に向き直った。

　阿と叶の想いの先に何があるのか、それが知りたかった。

「二人は、どうしてここを訪ねてきたんですか?」

　弥生のギャラリーを訪ねてきていたのはこの二人だ。だとするなら、きっとここに答えがある。

　ひろがそう思った時だ。

――たす、けて。……こわい。


ひろは顔を上げた。

かすかな声に続いて、子どもがぱたぱたと走る音が響く。

阿と吽が、一瞬視線を交わしたように、ひろには見えた。

「――その童《わらわ》を、探しておったのです」

吽がわずかに腰を浮かした。そして眉をひそめてあたりを見回す。阿と吽が目を留めたのは、洛中洛外図の横にひっそりと飾られた小さな掛け軸だった。

「この掛け軸を受け取ってから、誰かが訪ねてくる音がするようになったて、弥生さん言うたはったな」

拓己が言うと、阿が太い指でがりがりと頭をかいた。

「我らは、その掛け軸の童を探しておったのだが、どうにもあの女人には我らのことが見えぬ、声も聞こえぬで……」

だからずっとドアを叩いていたのかと、ひろは納得した。

「……その童は、もともと我らと共に太閤殿下の城にあったものです」

吽がわずかに目を細めた。

「元は、白く美しい花の絵でした」

小さく可憐なその花を描いた掛け軸は、阿吽の獅子絵のすぐ傍にひっそりと飾られていた。誰が飾ったのかもわからないと二人は言った。

狩野派の絵師によって、太閤の城の守り役として描かれた阿吽の獅子とは違い、その絵にはまだ幼く力のない子どもが宿っていた。

「我らが共に過ごした時はほんのわずか――すぐに、その夜はやってきた」

阿の低い声が、地鳴りのように響いた。

「あの日――城が崩れゆくただ中で、我らはあの幼い童を見失うた。せめて守ることができたらと、ずっと悔いておったのだ」

数百年間、地の底で己の体が朽ちるのを感じながら、阿と吽は、あの時守ることができなかった幼い花の子どものことを、忘れることができなかった。

あの幼い少女には、この暗闇《くらやみ》はさぞ恐ろしいことだろう。

ここから出ることができたら、きっと迎えに行こう――。

地の底でまどろみながら、阿と吽は二人で話し合ったのだ。

阿が膝に置いた両手を震えるほどに握りしめた。

「だが……あの童はまだ、指月の城の崩れゆく中をさまよっているのかもしれん」

――たすけて。たすけて――！　いや、かくれ、なくちゃ……。

ひろは心臓をつかまれて揺さぶられるような思いだった。小さな少女は今、まだ一生懸命あの災厄《さいやく》の日を逃げているのかもしれない。

か細い悲鳴は、今にも消えてしまいそうだった。

「我らの絵はもうありませぬ。いずれこの身も朽ちようとしております。それは――あの童も同じ」

吽が震える唇を開いた。

かつて白い花が描かれていたという美しい掛け軸の本紙は、今や何が描かれているかわからないほどに劣化している。いずれ朽ちてしまうのだろう。

この二人の獅子の絵と同じように。

阿が顔を上げた。ぎょろりとした目が弧を描いてさっぱりと笑っている。

「ならば我らは、せめてその手を引いてやらねばならない。もう恐ろしいものは何もないと教えてやって……そして、共に――」

阿がその分厚い唇を力強く結んだのが、ひろにはわかった。

災厄から逃げ惑うだけの少女を、誰かが迎えに行ってやらねばならないのだ。そのために、この二頭の獅子はやってきた。

――かくれなくちゃ。……こわいもの。

ふいに、途切れるように少女の声が消えてしまった。

叶が目を細めて、小さく嘆息したように見えた。

「だがあの掛け軸にはとうに童はおらぬ……どこぞに隠れてしまったのだろうな」

ひろは立ち上がって、掛け軸に近づいた。もう声を聞くこともできない。

「わたしも、この子を探すお手伝いができるかな」

少女の声は、恐ろしい災厄から逃げ惑う悲鳴だ。そう思うと胸の奥が引き絞られるように痛くなる。

助けてやりたいと、そう思った。

立ち上がった拓己が腕を組んで首をひねった。

「かくれんぼやな。その子が隠れた所を見つけたらんと。ひろにはさっきまで聞こえてたんやろ」

ひろはうなずいた。

「でも、二人が来た時にはもうここにはいなかったんだよね。たぶん声だけが残ってた」

阿と吽がそろってうなずいた。口を開いたのは阿だ。

「少し前まではここに気配があったのだが、どうやら上手《うま》く隠れてしまったようだ」

阿、吽の二人がおもむろに立ち上がった。色違いの羽織を跳ね上げんばかりの勢いで、ぶんっと頭を下げる。

「我らにはさほど時間が残されておらぬ。童を見つける手助けをしてくれないだろうか」

阿の声はどこか切羽詰まって聞こえた。

拓己より大柄な二人に頭を下げられて、ひろは圧倒されてしばらく硬直していた。拓己にとん、と肩を叩かれる。

「どうするんや」

ひろははっと我に返った。そんなの決まっている。

「弥生さんを驚かせてた音の原因は、この二人なんだよね。だったら、白い花の女の子を見つけてあげれば、解決すると思う」

それに、とひろは手のひらを握りしめた。

災厄の日に一人で置き去りになっているその少女を、どうしたってそのままにはしておけないのだ。

「わたしにできることは、協力します」

ひろがそう言うと、阿と吽はごつごつとした顔を見合わせて、ほっと息をついたように見えた。

ひろがギャラリーのドアを開けると、外は凍りつくような冷気が満ちる冬の夜だった。

「……なにとぞ」

最後にそろって頭を下げると、阿と吽は夜の闇にとけるように消えていった。

ひろと拓己がその姿を見送っていると、するりとシロが姿を現した。そういえばいつの間にかいなくなっていたことに、ひろは今気がついた。

シロはひろの肩口で二頭の獅子が消えた夜闇に、じっと目を凝《こ》らしていた。硬質の金色が、夜の闇に煌々《こうこう》と輝いている。

「よかったんか、白蛇。あの城にいてたいうことは顔合わせたことぐらいあったんとちがうんか？」

拓己が言うと、シロはわずかばかり首を横に振った。

「覚えていないな。ああいうものも、いたのかもしれん」

シロはその小さな白い身をふるりと震わせて笑ったような気配を見せた。人の姿であればきっと皮肉気な笑みを浮かべていただろう。

「きらびやかで豪奢で、屏風も茶器も屋根瓦も掛け軸も何もかも、喧《やかま》しい城だった」

あの城の建つ場所には、何より美しい景色があったというのに。

あの男はそれで満足するような男ではなかった。

この天の下すべてに手を伸ばし――美しいもので己の傍を飾り付けたのだ。

「あの獅子も掛け軸の子どもも、あの男の歪《いびつ》で喧しい、きらびやかな世を言祝《ことほ》いでいたのだろうな」

シロはその鎌首《かまくび》をふいに持ち上げた。ここから見える稲荷山の南に、かつて伏見城が建っていた――指月の丘がある。

シロはそれきり、するりと姿を消してしまった。

3

――阿、吽の二人について、弥生にどう伝えるか、ひろと拓己はずいぶんと悩んだ。

結果、人ではないものが二人訪ねてきていたこと。彼らは掛け軸にいたという少女を探しているということ。その少女を見つけ出すことができれば、彼らが訪ねてくることは、もうなくなるだろうということだけ伝えることにした。

気味が悪いと言われても仕方がなかったが、弥生はただ顔を硬くしてうなずいただけだった。

「……ありがとう。三岡さん、やっぱりすごいんだね」

いい人だなとひろは思う。怖い思いをして、信じられないことに出会ってもひろのことを気遣ってくれる。

弥生のことをいい人だと思うたびに、ひろの心はぎしぎしと引きつれたように痛むのだ。

──ともかく、とひろはできるだけ、弥生のことを考えないようにつとめた。

掛け軸の少女を見つけなくてはいけない。そもそもあの掛け軸には何が描かれていたのだろうか。


その週末、伏見稲荷大社の正面、大きな朱色の鳥居の前でひろはそわそわとしながら、あたりを見回していた。

「ひろ！」

声は後ろから聞こえた。振り返ってひろは破顔した。

「久しぶり、陶子《とうこ》ちゃん、椿《つばき》ちゃん！」

駆け寄ってきた砂賀《さが》陶子と西野《にしの》椿は、ひろの高校時代からの友人だ。

陶子は高校時代から変わらない、短く切りそろえた髪にすらりと縦に長い体躯《たいく》を持っている。スキニーデニムに厚手のニット、ぶかぶかのパーカーを羽織っていた。

椿は腰までの長く艶《つや》やかな髪に白い肌、高校時代は『椿小町《つばきこまち》』と呼ばれていたこともある美貌《びぼう》の持ち主だ。柔らかなラインのブラウスに、プリーツの入ったロングスカート、黒のショートブーツを履《は》いていた。

笑うと花がほころんだように、周りの空気を柔らかくする人だった。

ひろたちは大社の参道を出て、新しくできたという和風カフェに入った。ひろはホットカフェラテ、椿はホットコーヒー、陶子は冬季限定の抹茶《まっちゃ》ラテをそれぞれ注文する。

「ひろに頼まれてたこと、調べといた」

陶子はこの稲荷大社の参道に店を構える、砂賀陶磁器店の娘だった。茶碗《ちゃわん》などの陶磁器を扱っていたが、今はほとんど土産物屋になっている。

弥生のギャラリーができる前、あの場所に建っていた家のことと、当時の蔵にあった古い掛け軸について調べるために、ひろは陶子を頼った。地元の人間が一番詳しいと思ったからだ。

その結果について教えてもらうついでに、久しぶりに高校の友人たちで集まることにしたのだ。

「ひろちゃん、また蓮見神社のお仕事なん？」

椿と陶子も、ひろが不思議な声を聞くことや、蓮見神社の仕事を手伝っていることを知っている。

高校の時、この二人が友人としてひろを受け入れてくれたからこそ、学校を楽しいと思うことができたのだ。

ひろは椿にも、阿吽の獅子たちのことと古い掛け軸の話をした。その話が終わるのを見計らったように陶子が続けた。

「あそこに前あった家に住んでたご主人、うちのおばあちゃんが昔、仲良かった時期があったみたいやねん。もう亡くならはって、ずいぶん経つんやないかな」

あの土地はもともと、稲荷大社の参拝客をもてなす料理屋だったそうだ。その家には、弥生の言った通り小さな蔵があった。

「そのご主人がえらい骨董品が好きやったらしくて、壺《つぼ》やら絵やら買い集めては蔵にしまってはったらしいわ」

どうやら素人《しろうと》の道楽であったらしく、来歴や真贋《しんがん》を気にするようなこともなかったそうだ。あの掛け軸もそのうちの一つだった。

そういえば弥生もそんなことを言っていたと、ひろは思い出した。

「ギャラリーの人も言ってたよ。売りに出したら、あんまり値段がつかなかったって」

「時々、訪ねてきたお客さんに見せては自慢したはったらしいんやて。うちのおばあちゃんも、蔵の中見たことあるて言うてたよ」

陶子が人差し指を立てた。

「――ひろの言うてたその掛け軸も、おばあちゃん覚えてた。その掛け軸に何が描いてあったんかも」

「……白い花、だった？」

ひろが問うと、陶子が抹茶ラテのカップに口をつけたまま、目を見開いた。

「なんや、知ってるんやん。おばあちゃんが見た時も、もうずいぶん褪《あ》せてたらしいけど――でもあれはナツツバキやったって」

聞き慣れない花の名前に首をかしげていると、椿が横から口を挟んだ。

「うちの庭にもある。白い椿の一種で、夏に咲くからナツツバキていうんやって」

蔵はある時から雨漏りがひどかったという。陶子の祖母が見たナツツバキの絵は、そのせいもあって急速に色褪せていく。

ひろがギャラリーで見た時にはもう、花の輪郭がぼんやりとわかるといった程度にまで褪せていた。

あの絵はもうすぐ朽ちてしまう。

災厄の日の時を閉じ込めたまま。絵の……ナツツバキの女の子がどこに行ったのか、わたし考えてみるよ」

「ありがとう、すごく助かった。

陶子が気遣わしげな顔をこちらに向けた。

「ひろ。……わかってると思うけど、あんまり危ないことしたらあかんよ」

陶子の世話焼きなところは、高校の頃からちっとも変わらない。ひろの保護者だと言って、たくさん助けてもらったのだ。

ひろはしっかりとうなずいた。

「ありがとう、陶子ちゃん。忙しいのにごめんね」

「そういえば住み込みなんやっけ、陶子は」

椿が思い出したかのように言った。

高校、大学と陸上を続けていた陶子は、大学の四年生の夏に現役を引退した。そして今年の春から社会科の教師として大阪の高校に勤務している。

陶子の勤める高校は陸上の強豪校だ。学生時代の実績を買われて、コーチとして部活動の指導にあたっている。学生寮で生徒たちと一緒に住み込みだと言っていた。

「年明けすぐに合宿やし、これから大阪戻って、トレーニングのプラン作らへんとあかんの。朝一からは朝練やし年明けはテストもあるし……」

寝る間もないと陶子がぼやく。

けれどその顔が生き生きと輝いていることに、ひろは気がついていた。

大学時代、短距離で一度世界大会まで出場した陶子が引退すると知った時、ひろは驚いたし寂しくもあった。

その後少し経って、高校で陸上の指導をすると聞いて、ああぴったりだと思ったのだ。

新しい選手を育てて走る楽しさを教えることは、世話焼きで面倒見が良くて、そして陸上が大好きな陶子にとって、きっとこれ以上ない天職に違いなかった。

陶子が椿の方を向いた。

「椿は？　結局仕事、やめたんやろ。お母さんと書道家やるんやって」

「うん。一月から全国を順番に回るんえ」

椿は母の知り合いの会社の事務員として就職したが、結局この秋で退職したそうだ。

ずいぶん悩んだそうだが、今は母と同じ書道家を名乗っている。

椿の母は書道家の『静秋《せいしゅう》』である。来年一月から、全国のギャラリーでの展示会を控えていて、弟子である椿も共について回るのだという。

それで、と陶子がにんまりと笑った。

「──いつ結婚すんの？」

ぶわ、と椿の白い肌が一気に赤く染まった。両手でもう空になった紙カップを握っても
じもじと視線を逸《そ》らしている。陶子が呆れたように言った。

「……付き合って三年、婚約して一年も経つのに、なんでまだそんな初々《ういうい》しい反応するん」

椿の左手の薬指には、細い婚約指輪がはまっている。

椿は高校生の時から好きだった古典研究部の先輩と、結婚することが決まっていた。

「結婚式をするなら呼んでほしい！」

ひろは自分でも、自分の目がわくわくと輝いているのがわかった。

「…………たぶん来年の春ぐらい。二人はちゃんと呼ぶから」

そうつぶやいた椿に、ひろと陶子はパチン、と手を合わせた。陶子が大げさに椅子の背
もたれにのけぞる。

「あーあ、椿小町が結婚やて。同窓会やった時に、クラスの男子が嘆くのが目に見えるわ」

椿小町といえば、高校では男子たちの高嶺《たかね》の花だったのだ。

恥ずかしさにうつむいて震えていた椿が、きっと顔を上げた。

「そんなん言うて、ひろちゃんはどうなん？」

「どうって……」

「ごまかしてもあかんよ。清尾《きよお》先輩とどうなんってこと」

ひろは口を閉じたり開いたり、無意味にカップを右にやったり左にやったりしてから、もそもそと口を開いた。

「……付き合ってる。ちゃんと」

でも、と続ける。自分の声がぐっと沈んだのがわかった。

「どうしたん?」

陶子が静かに先を促す。

今までのからかうような口調はどこにもなくて、ただひろの話を聞いてくれようとしていた。

友だちの優しい心に触れた途端、ひろの口からぽろぽろと今までのことが溢れ出した。

自分が感じているよりずっと、心の中はいっぱいになっていたのかもしれない。

――拓己といると、嫌な女の子になってしまうということ。

弥生の傍にいるのを見ると、たまらなく嫌な気持ちになる。

弥生はとてもいい人で、大人っぽくてひろにだって優しいのに。どこかでどうしようもなく嫌いだと思ってしまうということ。

それなら自分に自信があればいいのだと、後輩の手を借りてみたものの、どうしても上手くいかない。拓己にふさわしい彼女になることができない。

「……拓己くんといると、わたしどんどんわがままになるよ」

あの人を独占したくてたまらない。

拓己の優しい手を他に向けられるのが苦しくてどうしようもない。

その想いがままならなくて、とても苦しい。

つっかえつっかえ、ひとしきり全部吐き出して、ひろはそっと顔を上げた。

友人二人が押し黙ったまま、互いに視線を交わしている。やがて陶子が気遣わしげに口を開いた。

「ひろはさ、そういうの全部、清尾先輩に話した？」

「い、言えないよ！」

椿が小さくため息をついた。

「清尾先輩に言うのが、一番早く解決すると思うんやけど……」

「……拓己くんには、知ってほしくない」

きっと、嫌われてしまうと思うから。

貴船《きふね》で出会ったあの鬼の女の気持ちが、今のひろにはよくわかってしまう。

苦しくて憎くて、それでも愛《いと》おしくて仕方がない。

ままならない気持ちを抱えて、ふと転がり落ちてしまう。あの鬼がいつかの自分の姿のような気がして、ひどく恐ろしかった。

ぐずぐずと決心が固まらないひろの背を押したのは、椿だった。

「ひろちゃん。気持ちいうのは、相手に話さな伝わらへんよ」

椿が諭すように続ける。

「自分の中に隠しておいたまま、でもほんまは察してほしいて、そう思うんは……ちょっとずるいかな」

ひろはおそるおそる顔を上げた。目の前で椿が微笑んでいる。

椿の言う通りだ。

自分では自信がないから、格好が悪いからとひた隠しにしているものを、心のどこかでは拓己に見つけてほしいと思っている。

それは、とても卑怯《ひきょう》だ。

泣きそうになったひろの、テーブルの上に投げ出された手を陶子の手がそうっと包んだ。

「清尾先輩は、そんなことで人を嫌いになるような人やないやろ」

陶子の手のあたたかさにほっとする。

椿の言葉の厳しさに背を押される。

ひろは唇を結んで、小さくうなずいた。

「……がんばってみる」

こうしてひろはいつだって、この二人の友人の優しさに救われているのだ。


カフェの外に出ると、ほっこりとあたためられたはずの体がその冷気にふるりと震えるのがわかった。淡い青空には小さくちぎったような雲が浮いている。

真昼間の日差しの強さはもうないが、冬の早い夕暮れにもまだ少し間があった。

「次、いつ会えるんやろうね」

椿が誰にともなく言った。

高校では毎日一緒だった。大学が分かれてもそれでも頻繁《ひんぱん》に顔を合わせていたのに、社会人になってその頻度《ひんど》はがくっと下がった。

こうして少しずつ二人と、疎遠になっていくのだろうか。それはとても寂しい。

その時、陶子がひときわ明るい声を上げた。

「ひろ。もうちょっと時間あるし、さっき言うてたナツツバキの女の子、どこにいるか探してみいへん?」

ひろと椿はそろって陶子を見上げた。陶子がにんまりと笑う。

「――冴ヶ池《こだまがいけ》に行ってみよ」

――伏見稲荷大社は、様々な伝説が眠る場所でもある。

大社の敷地内には様々な神様を祀《まつ》る社《やしろ》が点在しているが、そのうちの一つに熊鷹社《くまたかしゃ》という社があった。その傍には新池《しんいけ》という大きな池が広がっていて、通称「冴ヶ池」と呼ばれている。

「昔から、失せ人は冴ヶ池に行ったら見つかるていう」

ひろと椿は顔を見合わせた。陶子が視線を逸らすように宙に投げる。

「……このまま解散は、ちょっと寂しいやん」

名残惜しいと思っていたのは、ひろだけではなかったようで、それが少し嬉しい。

「行きたい。二人と一緒に」

ひろは大きくうなずいた。

稲荷大社の朱色の大鳥居を三人でくぐる。観光客の比較的少ないこの時期でも、大社の境内《けいだい》は参拝客で溢れかえっていた。

その先、青空を背に朱色の楼門がそびえたっていて、左右には狛犬《こまいぬ》の代わりに二匹の狐が向かい合っている。

楼門をくぐり、能舞台の横を抜けると千本鳥居が続いている。細い道には石畳《いしだたみ》が敷かれ、隙間なくずらりと鳥居が連なっているその様は圧巻の光景だった。

太陽の光が鳥居の隙間を抜けるたびに、下の石畳を朱色に染め上げていく。

境内の喧騒《けんそう》も、この鳥居の道までは届かない。

ひろは、ふと足を止めた。

昔、この千本鳥居をくぐるのがとても怖かったことを思い出す。どこか——別の場所に連れていかれそうな気がしていたからだ。

千本鳥居の隙間からは、稲荷山の鬱蒼と茂る木々が見える。

冬の陽光を透かして枝葉の影が地面に揺らめき、風が吹き抜けるたびにからからとどこかで、乾いた葉が落ちる音がした。

枯れた葉は降り積もり、風がそれをさらっていく。

時折電柱や電線が通っているのを見て、ようやく人の通う土地なのだと思い出すほどに、そこはどこか異界の様相をしているように、ひろには思えた。

とても美しく、鳥居から外れてふらりと歩きたくなってしまう。

けれどそのたびに思い出す。

ここは神の領域だ。

まるで神の棲む土地に、人が歩む場所だけを鳥居の朱色で切り取ったような、そんな心地すらした。

「――ひろ」

呼ばれてはっと顔を上げると、陶子と椿が少し前で呆れた表情を浮かべていた。

「相変わらず、ぼんやりしてるなあ」

陶子が苦笑した。高校時代、保護者役の陶子にいつもこうやって呆れられていたのを思い出した。

「……ごめんなさい」

ひろは前を歩く二人に追いついた。呆れながらも陶子と椿は、二人の間にひろを入れてくれる。こうしていると本当に、高校時代に戻ったみたいだった。

千本鳥居の途中には奥社《おくしゃ》があって、その先を進む観光客は半分ほどに減る。ぽつぽつと人が歩いていたが、夕暮れを悟ったのか足早に下りていくものばかりだった。

その鳥居の続く先に、「谺ヶ池」と呼ばれる新池が現れた。

山の中にぽかりと切り取られた大きな空間だった。水は澱《よど》み底を見透かすことはできない。

風は不思議と凪いでいる。あたりには誰もいなかった。

陶子がひろを促した。

「失せ人を思って拍手《かしわで》を打つ。そのこだまが聞こえた方向で、その人の場所がわかるんやって」

ひろはうなずいて一人、池の畔《ほとり》に立った。それ以上入ることができないように、腰ほどの木の柵が設けられている。

少し先には熊鷹社があって、そこに捧げられたろうそくの光が、視界の端でゆらゆらと揺らめいていた。

頭の中に思い描くのは、あの少女の声だ。


——たすけて。……かくれなくちゃ。


あの災厄の日に置き去りにされたあの子を、助けてやりたいと強く願う。

手をゆっくり前に出して、パン、パン、と二つ叩いた。

拍手は神を呼ぶ声だ。

息を呑むような瞬間が訪れたあと、陶子がつぶやいた。

「聞こえへん……よな」

ふ、と空気が緩む。椿が口元に微笑みを浮かべた。

「そう簡単にはいかへんよ」

「でもドキドキした」

陶子が自分の腕で己を抱きしめるように、両肩に手を回す。ひろが二人の傍に駆け寄った。

その時だ。


――パァン。


ひろははっと振り返った。

「どうしたん、ひろ」

きょとんとしたような陶子や椿と、目が合う。

陶子に問われて、ひろは今の音を二人が聞いていないのだとわかった。

「……聞こえた」

ひろの耳は、確かにこだまを捉《とら》えていた。

「稲荷大社のふもとの方かな。音は結構大きかったから、近いってことなのかも」

「……伝説、ほんまやったんや」

呆然《ぼうぜん》としたような陶子と椿の目は弥ヶ池に釘付けになっている。

「これで……あの子を探すことができるよ」

あの災厄の日から、怖いものから彼女を助けることができるかもしれない。

気がつくと空の端が橙《だいだい》色に染まり始めていた。冬の夕暮れは早い。いつの間にか戻ってきた風は水面《みなも》に波紋を描き、ひろたちのところまで吹き寄せてくる。

その冷たさに陶子が身震いした。

「……帰ろうか」

誰からともなく、ひろたちは山を下り始めた。

陶子は大阪へ、椿は家に、ひろは蓮見神社へ帰る。あの頃のように「また明日、学校でね」はもうないのだ。

ＪＲの駅で陶子が、椿とひろの肩を抱き寄せた。

「また今度。必ず連絡するから」

陶子の手のあたたかさは今だって、これからだって友だちだと言ってくれているような気がして、たまらなく嬉しかった。

寂しいけれどそれは、ひろも椿も陶子も、それぞれの道を進んでいる証明でもある。

離れていても毎日会って話すことはできなくても、形は変わっても、ちゃんと友情は続いていく。

改札の向こうで手を振る陶子と椿を見送りながら、ひろはそう思った。


蓮見神社に帰ると、珍しく祖母が戻っていた。

ひろの祖母、はな江《え》は蓮見神社の宮司だ。蓮見神社の生業《なりわい》でもある、水に関する相談事を引き受けている。

ぴしりと伸びた背中と、凜《りん》とした雰囲気は四年経っても変わらない。この春に久しぶりに新調した長春色《ちょうしゅんいろ》の着物に、深い緑に銀糸で刺繡《ししゅう》の入った帯を締めていた。

「ただいま、おばあちゃん。今日もお仕事なんじゃなかったっけ」

この師走の時期、例に漏れず祖母も忙しい。だから今日の夕食も清花蔵の予定で、その前に着替えだけと思って戻ってきたのだ。

「これから祇園の方に行かなあかんのやけど、時間あいたし戻ってきたんえ」

祖母が菓子鉢《ばち》に、棚から取り出した菓子を入れてくれる。仕事柄手土産をもらうことも多く、棚には常に季節の菓子が詰め込まれているのだ。

あの小さな白い包みはそばまんじゅうだ。それから雪兎《うさぎ》の形をした生菓子を二つ。雪片の形の干菓子と、鉢から溢れんばかりに積まれている。

ひろ一人で食べるにはずいぶんな量だった。

「誰かお客様が来るの？」

祖母が水の入った薬缶《やかん》を火にかけた。

「拓己くんが来たはるえ。ひろの部屋に上がってもろたし。お湯は沸かしたるさかい、お茶はひろ、自分でいれ」

ひろは思わず顔を跳ね上げて、無意味に天井を見上げて叫んだ。

「なんで先に言ってくれないの！」

「いま言うたやろ。何慌ててるんや……」

祖母が棚から煎茶《せんちゃ》を取り出して、いぶかしそうに眉を寄せた。祥玉園《しようぎよくえん》の煎茶は祖母のお気に入りだ。

家族ぐるみで付き合いのある清花蔵から、拓己が蓮見神社を訪ねてくるのは珍しいことではない。だがひろの部屋に上がるのは稀《まれ》だし、約束をしていないのに待ってくれているというのは、何か用があるからだ。

何より、彼氏を自分の部屋に上げるというのは、なんだかたまらなく緊張する。

祖母は拓己との関係について、特別何か言うことはなかった。ひろからは付き合っているということも伝えていないのだけれど、実里《みさと》からの話で知っているだろうと思う。

いつか自分の口から伝えなくてはと思うのだが、身内にこういう話をするのは気恥ずかしい思いもあった。

湯が沸くと、祖母は台所をひろにゆずった。そのまま仕事に出てしまうのだろう。

ひろは祖母が出してくれた湯飲みが三つあることに気がついた。

ひろと拓己――そしてたぶん、シロの分だ。

高校卒業のあの春、ひろは祖母にシロのことを話した。あれ以来、祖母がシロの話題を出したことはほとんどない。

シロと――シロたちのようなものとどう付き合っていくのか、それはひろ自身が決めることだと、きっとそういうことなのだろう。

着物用の鞄《かばん》を持ち、草履《ぞうり》を履いた祖母が見送りに出たひろを振り返る。

「――ひろ。何してるんか知らへんけど、気をつけや」

拓己が訪ねてきたことや、ひろがこの間ギャラリーに泊まったことで、何かまた人ではないものと関わっていると、気がついているのだろう。

「大丈夫だよ、おばあちゃん」

ひろにとって祖母はいつだって頼りになる存在だった。

けれどその顔に刻まれたたくさんの皺《しわ》と、気がつくと自分より小さくほっそりとしている祖母が弱々しく見える瞬間があって、どきりとしてしまうのだ。

今は元気に京都中を走り回っている祖母だけれど、いずれそうはいかなくなることを、ひろはわかっている。

「いってらっしゃい」

だからいつか、自分が祖母の代わりに蓮見神社の務めを果たせるようになりたいと、強く思うのだ。

――煎茶と菓子鉢を盆に乗せて、ひろが二階の自分の部屋に上がると、拓己がスマートフォンから顔を上げた。

傍らではシロが、小さな菓子の箱を前に、ぎゃんぎゃんと文句を言っている。

松葉柄のあの平たい箱の中には、確か柚《ゆず》の琥珀糖《こはくとう》があと一つ残っていたはずだった。

「ひろ！　跡取りがひどいんだ。おれのとっておいた琥珀糖を食べた！」

「お前がこれ見よがしに、ひろにもろたて見せてくるからやろ」

拓己がしれっとそっぽを向いている。

今までシロは、ひろがいなければ拓己の前でも姿を見せることはほとんどなかった。最近はこうして二人で話していることもあるから、仲良くなったのか互いに慣れたのか。どちらにしても、ひろにとっては少しばかり嬉しい。

ひろはぎこちなく畳の上に盆を置いた。拓己がいるというだけで、自分の部屋なのに妙な緊張感がわきあがる。シロがいてくれて助かったと思う。

ひろが座ると、途端にひろの膝にシロが這い上がってくる。すかさず拓己の手ががしっとつかんだ。

「何をする！」

「誰が膝のってええて言うたんや」

「ひろは許してくれる」

短い体を精一杯伸ばすように胸を張ったシロと、ばちばちと睨み合う拓己を見やって、ひろは肩を震わせて笑ったのだった。

「──それでどうやった。陶子ちゃんの話」

陶子に掛け軸の元の持ち主のことを聞きに行くということは、拓己にも伝えてある。

あの場所の元の主人が骨董趣味だったこと。そしてその蔵にあった掛け軸を、陶子の祖母が見ていたことを順を追って話した。

「あの掛け軸、ナツツバキっていう花の絵だったんだって」

拓己が畳に投げ出していたスマートフォンを引き寄せた。

「これやろ、ナツツバキて」

拓己が検索してくれた画像には、瑞々しい浅い緑色の葉が茂る中に、ぽつりと白い花が咲いていた。レースのような繊細で柔らかそうな花びらが、お椀《わん》のように黄色の花心を囲んでいる。

「お寺とかでたまに見るね。あれ、ナツツバキっていうんだ」

ひろが思い出したかのように言った時だった。

吐息のような笑い声が聞こえた。シロだ。

「──なるほど、沙羅《しゃら》か」

「シャラ?」

拓己が問うと、シロがその小さな頭で画像を指した。

「それは沙羅の花だ。沙羅双樹《さらそうじゅ》の方が馴染みがあるか」

ああ、と拓己とひろは顔を見合わせた。そう言われればわかる。

中学校や高校で誰もが習う古典の一文だ。ひろは覚えているその一文を諳《そら》んじた。

「──祇園精舎《しょうじゃ》の鐘の声　諸行無常の響きあり　沙羅双樹の花の色　盛者必衰《じょうしゃひっすい》の理《ことわり》をあらわす　おごれる人も久しからず　唯《ただ》春の夜の夢のごとし　たけきものもついには滅びぬ　ひとえに風の前の塵《ちり》に同じ」

平家《へいけ》物語の冒頭だ。ひろの時は中学校で、枕草子《まくらのそうし》の冒頭とあわせて暗記のテストがあったから、今でも暗唱することができた。

祇園精舎とは釈迦《しゃか》が説法を行った寺院のことだと言われている。沙羅は釈迦が入滅した時に枯れて白く変わったとされ、儚《はかな》さに例えられることもあった。

「日本ではこのナツツバキが沙羅の木として知られてる。本物の沙羅の木とは違う花らしいけど」

本来沙羅の木は、仏教の起こりであるインドの植物だ。日本の環境では育てることができず、このナツツバキを沙羅の木としているそうだ。

「沙羅双樹は、盛者必衰を表すんだ」

シロがおかしくてたまらないというように、その細く白い体を震わせた。

「——天下人の城に置くには、ずいぶんな皮肉だと思わないか」

ひろはごくりと息を呑んだ。

あの絵は太閤、豊臣秀吉の城にあったものだ。

「……そうすると、話が変わってくるような気ぃするな」

拓己が自分の鞄を引き寄せて、中から取り出した資料をひろの前に広げた。

数冊の本とコピー用紙が何枚か。どれも伏見城や聚楽第《じゅらくだい》などに納められていた、安土桃山時代の美術資料だった。

「今日、時間があったし調べといたんや」

どうやら拓己は、これをひろに渡すために来てくれたようだった。

「伏見城にどんな調度品があったんかはわからへんかったけど、狩野派の絵については見つかった」

狩野派は、室町時代頃から画壇の中心にあった絵師の一派だ。天下人の御用絵師として障壁画などを手がけていたという。

拓己が一冊の本を広げて、それをひろに見せてくれた。

「『唐獅子図屏風《からじしずびょうぶ》』ていう。あの二頭の獅子は、これに近い絵とちがうんかな」

その絵をひろはどこかで見たことがあると思った。教科書か美術館か、テレビかもしれない。記憶の底に確かに残っている。

力強い筆致で描かれた、二頭の獅子の絵だった。

安土桃山時代の絵師で、織田信長《おだのぶなが》や豊臣秀吉にも重用されたという狩野永徳《えいとく》の代表作だ。

黄金を背景に、牙を剝《む》きだした二頭の獅子が描かれている。四肢《しし》がしっかりと地面を踏みしめ、ぐるぐると渦巻くようなたてがみや尾をたなびかせた姿は雄大で、力強さを感じさせた。

「この『唐獅子図屏風』は、来歴がようわかってへんらしい。でも一説に……豊臣秀吉の聚楽第に納められてたて話がある」

聚楽第は、伏見城の前に豊臣秀吉の邸として、今の京都市内に建てられた邸のことだ。完成ののちわずか十年ほどで解体されたため、その調度品なども謎が多いとされていた。

「案外あの獅子も、『唐獅子図屏風』と一緒に聚楽第あたりにあったんかもしれへん。……そのまま伏見城に移っててもおかしない」

ひろは拓己の持つ資料にある、『唐獅子図屏風』がずいぶんと威嚇《いかく》的なことに気がついた。阿と吽のあのぎょろりとした大きな目を思い出す。

「なんだか、ちょっと怖いね」

シロがふんと鼻を鳴らす。

「これが、あの男の象徴なんだろうよ」

獅子や虎は権威の象徴だ。天下人を、世の頂点に君臨するものを表している。

伏見城にはこの『唐獅子図屏風』と同じ、狩野派の絵師の描いた――今は名もなき対の獅子の絵があった。

そうして太閤、豊臣秀吉はその獅子の絵に己の権威を表したのだ。

ひろはスマートフォンに表示されたままの、ナツツバキの絵を見つめた。淡く可憐なこの白い花は、儚さと滅びを表すという。

時は戦国時代。

油断すれば明日は天下の首が代わる時代だ。

太閤豊臣秀吉は織田信長の跡目を、戦《いくさ》によって勝ち取った。

不安定なあの時代、天下人の城に――盛者の儚い滅びを示すこの花の絵が、本当に望まれていたのだろうか。

ひろの背を冷たいものが駆け抜けた。

シロはその硬質の金色を、ただきらめかせるだけだ。

「権威の牙を持った太閤の守り役が、沙羅の花を捨て置くとは、おれには思えんがな」

――たすけて、こわい。かくれなくちゃ……。

あの子はそう言っていなかっただろうか。

何から隠れていたのだろう。あの子が逃げていたのは、隠れたがっていたのは……あの災厄の日からでも、倒壊する城の瓦礫《がれき》からでもなかったのかもしれない。

己を追ってくる、鋭く力強い二頭の獅子の牙だ。

ひろは震える声で拓己の名前を呼んだ。

「拓己くん……阿と吽はナツツバキの子を探してる。……もしかしたら、滅ぼすために」

拓己が硬い表情でうなずいたのがわかった。

「あの二頭の獅子より先にナツツバキの子を見つけなあかん」

ひろは勢い込んで腰を浮かせた。

「それなら、わかるよ」

たぶん、とつけ加える。冴ヶ池の音を、ひろは覚えている。

確かにひろの耳が拾った。稲荷山のふもと——とても近い場所。

あとは、直感だ。

「……ナツツバキの子は、弥生さんのギャラリーにまだいるのかもしれない」

4

拓己のスマートフォンに、弥生から連絡があったのはその翌日、朝早くのことだった。

一昨日までは落ち着いていたガラスを叩く例の音が、昨日の夜からまた始まったという。

「……悪化してるような気がするの」

弥生は電話口で、拓己に震える声でそう言ったという。

それを聞いたひろは、夜になるのを待って、拓己と共に弥生のギャラリーを訪ねることにした。

伏見稲荷大社の参道は、さすがに夜ともなると人通りも少なくなる。

空は厚い雲に覆《おお》われ、星の姿が消えている。雲行きが怪しい。キリキリと頬が痛くなるほど冷え込んでいるから、そのうち雪になるのかもしれない。

ひろは今にも雪がこぼれ落ちてきそうな空を見上げた。

ひろと拓己を出迎えてくれた弥生は、どこか疲れた顔をしていた。目の下に薄暗い隈《くま》が見える。コンシーラーで隠しているようだったが、青く浮いて見えた。

拓己が心配そうに問うた。

「……電話の件、大丈夫やないんですね」

年明けの展示会準備のために、ギャラリーに泊まり込んでいた弥生が硬い顔でうなずいた。ずいぶんと憔悴《しょうすい》した様子だった。

ひろと拓己が阿吽からの頼みを引き受けてから、弥生のギャラリーに誰かが訪ねてくる音はなくなった。しかしそれは昨日の夜中になって再び始まった。

「最初は、こつこつっていうノックぐらいだったの」

深夜、誰かが訪ねてくる時間ではない。

異常はもう終わったはずだと、弥生がおそるおそる顔を上げた時だった。

水面の波紋を描いたガラス窓の向こうに、ゆらりと影がうつる。

それはガラスが歪んでいることを考えても、およそ人の姿ではなかった。弥生はその身をふるりと震わせた。

「何かずんぐりとした、大きな影が二つ……犬とか、獣とかそういうものに見えた」

獅子だと、ひろは思った。

最初はおとなしかったノックはやがて激しさを増し、ドアといわず窓といわず、割れるのではないかと思うほど、バンバンと叩かれる。

獣のようなうなり声が聞こえたような気もした。

それは一晩中続き、怖くてドアも開けられず、夜明けを迎える頃に二頭の獣は消えるように去っていった。

「とにかく今夜はゆっくり休んでください」

拓己が弥生の肩をそっと叩く。弥生が力なくうなずいたのがわかった。

「……ありがとう、拓己くん」

ほっと顔をほころばせた弥生の姿に、ひろは自分の胸がずきりと痛むのをぐっとこらえた。拓己の優しさは、ひろ一人のものではないとわかっている。

　それに今は、弥生のことが心配だった。

「解決できるって言ったのに、また心配させてしまってすみません」

　ひろはぺこりと頭を下げた。弥生が慌てて手を振る。

「そんな……三岡さんはすごいよ。こんな怖いのに立ち向かってるんだもの」

　弥生が唇にふ、と笑みをのせた。

「弥生さんだって、怖い思いをしたのに……それでもギャラリーから離れようとしないんですね」

　ひろは少し不思議だったのだ。

　音は秋の終わりからずっと続いていた。怖くてたまらなかったはずなのに、弥生は欠かすことなくギャラリーにやってきた。

「……来年の展示ね、学生さんたちの作品をたくさん飾るんだ」

　弥生の視線は、その芸大生が描いたと言っていた洛中洛外図屏風を捉えている。

「芸術家の卵で、これからこの世界で生きていこうって人たちの、第一歩なの」

　弥生が自分の手を見下ろした。

「わたしは絵を描いたりはできないけど、そういう京都の若い芸術家の人たちを応援したくて、このギャラリーを始めたんだ」

だから、こんなことで投げ出したくはないのだと弥生がその手のひらを握りしめた。

ひろは胸の詰まる思いで弥生を見つめていた。

この人にも、進むべき道がある。

拓己と、ひろと同じだ。

「……わたし、がんばりますね」

この人の夢を応援したいと、ひろはそう思う。弥生は弱々しく、けれど嬉しそうに微笑んだ。

「ありがとう、三岡さん」

拓己とひろに鍵を預けて、弥生はふらふらと帰っていった。

ひろと拓己は、先日と同じバックヤードのソファに、隣り合って座り込んだ。拓己が首をひねった。

「なんで突然、音が再開したんやろうな」

「弥ヶ池の音に、ナツツバキの子どもが応えたからだ。ひろの聞いた音を、あの二頭の獅子も聞いたんだな」

そう言ったのはシロだ。ひろのコートのポケットにいつの間にか入り込んでいて、我が物顔で、家から持ってきたそばまんじゅうの小さな包みを、ためつすがめつしている。

「だからあの獅子たちも、ナツツバキの子がここにいるって気がついたんだ」

「……それやったら、今夜も来るていうことやな」

　ひろはわずかに首をかしげた。

「どうして今まで、無理やり入ってこなかったんだろう」

「招かなかったからだろうな」

　シロが言った。

「ああいうものは、外から気を引いて扉や窓を開けさせる。そうして中の人間に招かれないと、こういう閉じた場所には入ってくることができない」

「……招くと、どうなるんや」

　拓己が引きつった声で問うた。

「さあ。憑《つ》かれるか食われるか」

　シロは少しも興味がなさそうに言い捨てた。

　シロにとっては、目の前のそばまんじゅうの包み紙が上手に剝がせないことの方が、よほど重要なようだ。四苦八苦していたその小さな口からまんじゅうを取り上げて、ひろは薄い包み紙を剝がしてやる。

シロは満足そうにそばまんじゅうを丸呑みして、ひろの手にするりとすり寄った。

「だが逆に考えれば、招かれなければ入ってこられない程度のものということだ。ひろが怯《おび》えることはない」

シロがひろをまっすぐに見上げた。

その月と同じ色の瞳が、とろりと蜂蜜《はちみつ》のようにとろける甘い光を帯びる。

「おれがいる」

そうして、赤い舌を出してにやりと笑う気配がした。

「跡取りは帰ってもいいんだぞ」

「誰が帰るか。それに——おれも早いところ解決したいしな」

拓己が不機嫌そうに、ペットボトルから紙コップにコーヒーを注ぐ。

「……弥生さんに頼まれたから？」

ほとんど無意識だった。自分の口からこぼれ出たそれに、ひろはしまったと顔を上げる。

拓己は、何でもなさそうに腕を組んでうなずいた。

「ああ、それもある。年明けの展示にも響いたら、弥生さんががんばってることが台無しになってしまうしな」

それは絶対に嫌だと、ひろも思う。

「それも、ってことは、他にも理由があるの？」

拓己が一瞬固まったような気がした。

ずいぶん——本当にずいぶん長く躊躇ったあと、ゆっくりとその口を開く。

「……クリスマス」

思ってもいない単語が飛び出してきて、ひろはきょとんとした。

「もうすぐクリスマスやろ」

ひろは慌てて事務机の傍にかけられていたカレンダーを振り仰いだ。

「うわ……本当だ！」

「……やっぱり忘れてると思た」

拓己が大仰に嘆息した。

葵に相談までして、これだけ街がイルミネーションとクリスマスソングに溢れているのに、ひろはそのことをすっかり忘れていた。

ナツツバキの少女と二頭の獅子——そして拓己とのことで頭がいっぱいだったのだ。

拓己がどこか拗《す》ねたように、よそを向いた。

「ひろはこの件に一生懸命やし。このままやったら解決するまで、クリスマスもここに泊まるとか言いかねへん」

それは困る、と拓己が続ける。

「ひろが自分の仕事に一生懸命なのは、ようわかる。おれも応援したい」

拓己の声がどんどんと小さくなる。

「……でも、クリスマスくらい……一日ぐらい、一緒に過ごしたってええやん。おれら

――……恋人になって、初めてのクリスマスやのに」

ひろは無言のまま、こくこくとうなずいた。

顔が熱くて、上げられない。

目頭に熱がこもっているのがわかる。なんだか泣いてしまいそうだった。

……クリスマス。そうだ、クリスマスだ。

初めての、拓己と恋人同士になって初めてのクリスマスが来る。

「……で、デート、しますか」

思わず敬語になってしまった。

「今度はおれが計画する。ちゃんと、夜は家まで送るし」

「……お任せします」

ひろはぎくしゃくとうなずいた。

隣り合ったソファで、拓己と手が触れる。その指先が拓己の熱い手のひらにぎゅう、と

握り込まれた。

　鼓動が耳の奥で反響する。

　穏やかで、けれど心中は感情の吹き荒れる沈黙が続いたあと。

「──おれも交ぜろ」

　その手の間に、シロがめしっと体をねじ込んできた。

「ひろ。おれとクリスマスとやらを過ごそう。なんだかぴかぴかして楽しい祭だろ」

　シロがしっぽでばしばしと拓己の手をはたいた。拓己が呆れたように肩をすくめる。

「お前……他所《よそ》の神さんのお祝いやぞ」

「いいんだ！」

　シロがキリッとそう言い切るものだから、ひろはなんだかほっとした。これ以上あんな沈黙が続いたら、ドキドキしすぎて心臓が壊れてしまう。

　ともかく、弥生のためにもナツツバキの子のためにも、そしてクリスマスのためにも。

早く解決しなくてはいけないのだ。

　全部解決したら、クリスマスは拓己と過ごす。

　そうして──陶子と椿が言ったように、ちゃんと伝えよう。

　拓己が好きだということ。

好きで、好きで苦しくて、時々とても怖い考え方をしてしまうこと。
それでも……一緒にいたいということ。
一つ決めると、なんだかほっと楽になったような気がした。
ひろはソファから立ち上がって、ぐるりとあたりを見回した。
「ナツツバキの子を探さなくちゃ」
谺ヶ池の返事は、このギャラリーの方から聞こえた。きっと、この中にいる。
ひろは、ゆっくりと目を閉じた。
耳に神経を集中させる。自分なら拾うことができると確信があった。
このひろの力は、人ならざるものの想いを聞く力だから。

パン。

小さな音がこだまして、ひろははっと振り返った。
色のほとんどなくなった掛け軸の隣——黄金に彩られた洛中洛外図がある。
音は、そこから聞こえたような気がした。
左右から湧き出る金霞《きんがすみ》、市中は活気に溢れ、人々の往来が描かれている。

貴船神社に鞍馬山、内裏に東寺、伏見稲荷大社と、当時の名所が描き連ねられ——その右上に伏見城がある。

幻の指月伏見城だ。

その黄金の天守閣に小さな白い花が咲いているのを、ひろは見つけた。

「こんなんあったか？」

拓己が眉を寄せる。

小指ほどの大きさで、黄金に埋もれながらも可憐にその花を開いていた。

ナツツバキ——沙羅の花だ。

——たすけて。こわい。

その声をひろの耳が拾う。

——…………ころされる。

ドンっと衝撃が空気を震わせた。

ひろと拓己ははじかれたようにバックヤードから表へ駆け出す。

ドン、ドンと外から誰かが、歪んだ流水のガラスを叩いていた。

二つの影が見える。それはずんぐりとした二頭の獣のように見えた。

拓己の手がひろの腕をつかんだ。

「どうする」

「……外に出る」

ここに招くわけにはいかない。拓己が何か言おうとした時だ。

はらりと、流水のガラスの外に白い雪片が舞うのが見えて、ひろの肩の上でシロが笑う気配がした。

「行こう、ひろ。——おれがいる」

——ひろがギャラリーのドアを開けると、場違いのように軽やかな風鈴の音が鳴った。

厚い雲から雪片がこぼれ落ちている。

ひろと拓己が外に出ると、そこには二人の人間が立っていた。

色違いの羽織を羽織った、阿と吽だ。

ひろが開けたドアの中に、ぎょろりとした目をぐっと凝らして、のぞき込もうとしているようだった。

吽が口を開いた。喉の奥でぐるぐるとうなり声が聞こえた。

「童は見つかりましたか」

ひろが慎重にうなずくと、阿が凄絶《せいぜつ》な笑みを浮かべた。

腕と足の筋肉がごつりと盛り上がり、体中の毛が逆立つような、隠しきれない恐ろしい気配が噴き出している。嫌な汗がひろの背を伝った。

「では、その子を我らに」

厚みのある阿の唇の隙間から、鋭い牙が見えたような気がした。

ひろは気圧《けお》されないように、腹にしっかりと力を込めてふんばった。

「渡さない。あの子は怖いって、隠れたいって言ってた。それは地震からじゃなくて……あなたたちからだ」

指月の丘に建てられた黄金色の城の中で、あの少女はずっと逃げ回ってきたに違いない。

その恐ろしい二頭の、大きな獅子から。

空気を震わせて、ぐるる、と阿が唸《うな》る。

「――あれは太閤殿下の御代に、ふさわしくない」

阿と吽の顔から逆巻くたてがみが、筆で描かれるように噴き出した。

ぐっと空気の圧が増した。

獣の臭いが鼻をついて、ひろは顔をしかめた。

阿と吽の体が大きく膨れ上がっていく。

大きな体軀、四肢にはぎちぎちと引き絞られた筋肉がついている。ぎょろりとした目と大きな顎《あご》、獣の鋭い牙が口からのぞいていた。

煙が渦巻くような毛並みが、咆哮《ほうこう》と共に震えた。

夜闇にその姿を現したのは、巨大な二頭の獅子だ。

──あのお方の御代は滅びはしない。

赤みがかった毛並みの太い獅子──阿がそう言った。ごろごろとした雷のような咆哮が混じる。細く流水のようにさらりとたなびく毛並みの獅子は、吽だ。

──我らは守らねばならぬのです。永劫《えいごう》続くあのお方の御世を！

そうか、とひろは思う。

彼らもまた己の役目を果たそうとしている。

大切なものをただ守りたいのだ。美しく豪奢で強大で、そして崩れ去ってしまった指月の城のような──美しい黄金色のあの時代を。

ナツツバキは──沙羅双樹は権力の滅びの象徴だ。

だから彼らは、あの小さな少女を滅ぼさねばならない。

「──はっ」

吐き捨てるような、凍りついた笑い声が彼らの咆哮を遮《さえぎ》った。

瞬《まばた》き一つの間に、ひろと拓己の目の前に、人の姿のシロがすらりと立っている。

肩につくほどの銀色の髪、白い肌、薄藍《うすあい》色の着物の裾《すそ》には蓮の花。

月と同じ、金色の瞳。

二頭の獅子が、シロのその姿にひるんだように、ひろには見えた。

「あの男は死んだ。豊臣の世はとうにない」

十二月の雪が空から舞い落ちる。

阿の獅子が頭を低くしてシロに牙を剝きだしている。

──……我はお前の姿を、知っている。

絞り出すように、吽の震える声が続く。

──指月……洛南の主か。

──京の都よりずっと南、洛南にはかつて広大な池が広がっていた。

巨椋池《おぐらいけ》とも大池とも呼ばれるその池は、都がこの地に遷都《せんと》するよりずっと前……この大地が形作られる頃からそこにあった。

水深が浅く、多様な生き物の棲み家となり、いつからか初夏には美しい蓮が咲き乱れるようになった。

鴨《かも》川も宇治川も桂《かつら》川も、都の川はすべてその池に注ぎ、時には溢れ、都中を水浸しにすることもあった。その当時、恐れと敬意は表裏一体だった。

そこにはひと柱の神が棲んでいた。

彼は透明な鱗と黒曜石のような爪を持つ、美しい龍《りゆう》の姿をしていた。

川を遡り、気まぐれに都を水に沈める荒神であった反面、一面に咲き誇る蓮の花と都の豊かな水を支える存在でもあった。

平安の世、ある貴族の男がその池を見渡すことのできる丘に登った。その日は煌々と月の輝く夜だった。

そこで盃《さかずき》に酒を注ぎ、その貴族はこう言ったそうだ。

ここでは四つの月を楽しむことができる。空の月、川の月、池の月、そして盃の月。

四つの月、四月、転じて指月。

美しい景色を表すその言葉を、池に棲む彼はたいそう気に入って、その日からそう名乗るようになった。

ある時、指月の棲む池を埋め立て、形を変えようとするものが現れる。

太閤、豊臣秀吉。

山に城を建て、城下町として伏見の地を整備し、埋め立て、川と池の形を変えた。

荒ぶる水神を祀るためにと、小さな神社と、神に捧げる神酒《みき》を造る酒蔵が造られた。

己の体が削られるのは不快だったが、その男は姿を現した指月に言ったのだ。


――約束しよう、都の水神。この世の春を、永遠にお前に見せてやる。


豪胆《ごうたん》で傲慢《ごうまん》な男は、指月を怖がることもなく酒を酌《く》み交わしすらした。

指月は次第に男の造る景色に魅入られるようになる。

指月はその妙な男が面白く、つまるところ気に入ってしまったのだ。

男の世が滅び、幾百年かののち。

世が巡った先に指月の池、大池は埋められることになった。浅く澱んだ池で病気が蔓延《まんえん》したためだった。

美しい水をたたえることのなくなった大池は、細く小さくなり、すべての水が抜かれ埋め立てられる。そうして何年も経ち、大池がみなに忘れ去られた頃。

指月は白い蛇になって、地の底で眠りについた。

十五年前の、断水の夏。

地下すら涸《か》れ果てるかと思ったあのひどい夏のさなか、白蛇の指月は神社の水脈からふらふらと外へ転がり出た。

渇いて渇いて仕方がなかった。

その時、少女が指月に水を与えてくれたのだ。

彼女は指月に名を聞いた。首を振った白蛇に、少女は名をつけてくれた。

――じゃあ、蛇さんはシロね。

その少女と話したくて、指月は少女に、人ならざるものの声が聞こえる耳をやった。その少女を守りたくて、囲うように力を尽くした。

干からびてしまいそうな渇きの中、与えられた甘露《かんろ》のような水の甘さと、あの優しい声を指月はきっと忘れることはないだろう。

その日、指月は、小さな白蛇のシロになった。

シロは冷たい瞳で眼前の獅子の牙を見やった。

怯えているくせに、気迫だけは失わずにいる。呆れたものだと心中嘆息した。

絵に宿り滅びようとしているものと、人の世より前からこの地にいる己と、その差もわからぬらしい。

顔色一つ変えずに、シロは片手を振った。

途端に、はらはらと静かに散っていた雪が暴力的に吹き荒れる。

ちらりと視線を後ろにやると、拓己がひろの小さな頭を、しっかりとその胸に抱え込んでいた。

呆れた、とシロは口の端だけで笑った。

己がひろに傷をつけるようなことをするはずがない。

いっそあの跡取りだけをこの暴力的な雪の中に放り出して——獅子と共に滅ぼしてやろうか。

そうすれば自分を呼んでくれた、あの少女は——。

シロは首を横に振った。

それは甘美な誘惑のように思えたが、きっとそれでもひろは、シロのものにはならない。

人の領域にいながら、人ならざるものの声を聞き、すべてに手を伸ばす愚《おろ》かしくてか弱く、そして強い少女だ。

子どものように感情を揺らしながら、懸命に人の心と——そして自分の心と向き合っている。

吹き荒れる雪の中で清花蔵の跡取りと目が合った。この中で一番力を持たぬくせに、己の目をまっすぐに見つめてくる。

あれもまた非常に不愉快極まりない存在ではあるが、悪くはないとシロは思っている。

だがいい大人——人間の尺度でだが——で、他の人間よりわずかばかり聡《さと》いくせに、一番身近な少女の気持ちがいつまで経ってもわからないでいるのが、また滑稽《こっけい》だった。

人というのは面白い。

振り回され、己を見失い、馬鹿馬鹿《ばかばか》しく、愉快なほどに愚かだ。

だがそれでも、進もうと懸命にあがく様が愛おしい。

彼らが振り回され、そして大切にするその真ん中にあるのはいつも、心というものだ。

だから守ってやらねばならない。

心こそが愛おしく、人を人たらしめると、シロは思うからだ。

認めよう。

己はその、人の心が愛おしくてたまらない。

獅子の咆哮が、眼前の雪を吹き飛ばした。

──なぜだ。水の神たるお前が、なぜ人に与《くみ》するのか。お前もあの城にいただろう。殿下の御代を守りたくはないのか。

ぎょろりと目を動かすのは阿だ。

シロは少し考えて、やがてちらりと拓己とひろを振り返った。

「なあ、知っているか、屏風の獅子よ。昨今の人の世では、くりすますなるものが大切にされているそうだ」

二頭の獅子が一瞬奇妙な顔で動きを止めた。シロが何を言っているのか理解できない。そういう顔だった。

「異国の神の祭だそうだが、いい仲になった者たちにとっては格好の口実らしい」

後ろでひろと拓己の顔が、ぎくりと固まったのを見て、シロはおかしくなった。この状況においても、まだもだもだと煮え切らない想いをそれぞれ抱えているらしい。

阿と吽が機嫌を損ねたように腹から唸った。

──それがなんだ。

跡取りのことは知ったことではないが、ひろが悩んでいたのを知っている。

そしてそのクリスマスとやらを、楽しみにしているらしいことも。

「この件を片付けないと、ひろが心穏やかにくりすますが楽しめないそうだ」

——下らぬ！　我らの悲願を貶《おとし》めるか！

阿と吽、二頭の咆哮が重なる。

シロに向かって鋭い牙の並ぶ顎がぐわりと開いた。

あの男の牙だ。黄金色の美しい権威の牙。

シロがふ、と腕を振った。

「無粋だと言っている。ひろが困っている」

その月と同じ色の瞳を、硬質にきらめかせてシロは言った。

「他に何か理由が必要か？」

神らしい傲慢さと、人の心を持った甘やかな笑みで、シロはそう言い捨てた。

二頭の獅子が牙を剝きだした。太く頑強な四肢が地を蹴りつける。

——なら共に滅びよ、指月！

シロはほうと息をついて、無造作に手を振り上げた。

逆巻く雪が鋭い刃のように獅子に降り注ぐ。

その身を削られるような吹雪の中で、獅子たちが懸命に剝きだす牙はシロには届かない。

硬質な瞳の先で、黄金の牙が震えた。

ほろりと崩れるように、たてがみから獅子の姿が砕けていく。

もとよりすでに朽ちているその身が、とうとうその時を迎えたようだった。

——我らは守れぬか。

無念だとそう言わんばかりの、悲痛な吽の声が最後だった。

風に散る塵のように、阿と吽は、吹雪の向こうに姿を消した。

「……指月はもとより滅んでいる。お前たちの主の御代と同じだ」

シロは空を仰いだ。雲が切れ紫紺《しこん》を塗り込めたような夜空が見え始めていた。

シロもあの獅子たちと同じようなものだ。己が棲み家としていた場所はすでになく、忘れ去られてしまった。

本当なら滅びるだけのその身を、すくい上げてくれたのはあの少女だ。

「——……おれは、シロになったんだ」

だからおれは、あの子の隣で心を得ると決めたのだ。

どうしてだか、あの城の上から見た美しい景色が見たくなった。

眼下に広がる己の棲み家、活気溢れる城下町、空に浮かぶ黄金の月、傍らで酒を飲みながら笑う男の声が、聞こえるような気がした。

——ひろがふと目を開けると、二頭の獅子もシロの姿も失せていた。

夜の参道だけがしん、と闇に静まりかえっている。街灯がぱちぱちと瞬《またた》いて、一気に現実に引き戻されたような気がした。

「大丈夫か、ひろ」

顔を上げると、拓己がひろを見下ろしていた。風に巻かれて髪がくしゃくしゃになったぐらいで、ひろも拓己も怪我はしていない。

あの雪を操っていたのがシロだからだろうと、ひろは気がついた。

見上げた先、雲が切れた夜の空に、金色の満月が浮かんでいる。

その前を、するりと何かが通り過ぎた気がした。

「拓己くん！」

ひろは慌てて空を指した。

透明な鱗は月の光を受けて金色に輝いている。爪は黒曜石のような漆黒《しっこく》。瞳に月を宿す龍神だ。

一瞬その姿を見せたシロは、稲荷山の南に向かってその姿を闇にとかして消えた。

ひろと拓己が、半ば夢見心地にギャラリーの中に戻ると、バックヤードのソファのそばに、小さな少女が立っていた。

深い緑色の着物に白い繊細な花が描かれている。前髪をぱつりと落とした、艶のある黒髪だった。

ナツツバキの少女だとひろはわかった。

「もう、怖くないよ」

ひろがそう言うと、少女は小さくうなずいた。

彼女の姿は、端からほろほろとこぼれるように消えかかっている。彼女もまた朽ちてしまうのだ。

──……ありがとう。

赤く紅《べに》の塗られた唇が笑う。

少女の姿が消えて、ギャラリーの中はしんと静まりかえった。

洛中洛外図の中に現れた白い花は姿を消している。壁の掛け軸は相変わらず何が描いてあるか判別できないほどだったが、少女が消えたからだろうか、いっそう褪せて見えるような気がした。

「もう、おらへんのやな」

拓己の声音《こわね》がどこか寂しさを帯びている。

阿、吽の二頭の獅子も、ただ滅びゆく主の世が寂しく、辛かっただけなのかもしれない。

今となっては名も姿もなき獅子の絵だが、当時は豪奢な城の中、権威の象徴として誇らしげに胸を張っていた。

そうしてそのただ中に可憐な沙羅の絵を忍び込ませた、権威の下敷きになった人間もいたに違いない。

獅子も沙羅も、己の役割を全うしただけだ。

いつか滅びゆくから、美しいものもあるのだとひろも思う。花が散るように、朽ちたもののあとに草木が生えるように、人はいつも想いを抱いていた。

この世に永遠はない。

だから、いつかではだめなのだと、ひろは思う。

伝えなくては伝わらないと、もうひろは知っている。

それは今だ。

5

十二月二十四日。

待ち合わせは午後五時だというのに、午前中からひろは家中を走り回っていた。

境内の掃除と家の手伝いを——いつもより心ここにあらずといった風に片付けて、クローゼットとして使っている押し入れから服を引っ張り出す。

あれやこれや着替えては、階下の祖母に見せて、また自分の部屋に駆け上がった。

「せわしないなあ……」

今日は休みらしい祖母の小言は、聞こえないふりをする。

ワンピース、ワイドパンツ、デニムとパーカー……は却下。

散々悩んだ結果、足首までのロングワンピースと、母のお下がりのロングコート、足元はいつものショートブーツに決めた。

使い慣れないメイク用品を全部畳にひっくり返して、服に合った色をあれこれと悩んだ。葵と咲耶の手ほどきを受け、動画を見て覚えた流行《はや》りのメイクをなんとか施す。

いつもの三倍の時間をかけて髪を巻いて、時計を見ると時間がギリギリになっている。ひろは慌てて玄関に向かった。

「いってきます！」

「はい、いってらっしゃい」

祖母が玄関先で見送ってくれた。

「ひろ」

呼び止められて、ひろは振り返った。

「楽しんできいや」

「……うん！」

ひろは笑顔で祖母に手を振ると、鳥居をくぐって階段を駆け下りた。

待ち合わせは伏見桃山駅。拓己は先に待ってくれていた。

ネイビーのノーカラーのセットアップは、すらりとした拓己の長身を引き立てている。少し暑いのだろう、コートはまとめて腕に抱えていた。

反対側の手をひろに差し出す。

「行こか」

それだけで顔に熱が上がった。

おそるおそるその手をとったひろに、拓己が自分の腕時計を指した。

「予約してあるから。十八時」

「予約？　映画とか？」

今日のデートコースは拓己にお任せなのだ。

「クリスマスいうたらディナーやろ」

拓己がけろりとそう言うものだから、ひろはぎくりと身を固くした。ディナーといえばナイフとフォークで、その手のマナーの類には今までちっとも縁がなかった。

ひろはぎこちなくうなずいた。

「がんばるね」

「がんばらんでええとこにしてるから」

拓己が肩を震わせて笑った。

拓己が連れてきてくれたのは、充の店だった。人気店らしく、クリスマスイブの今日はどの席にも予約札が立てられている。

オーナーシェフである充は、今日はさすがにホールに出る余裕もないようだった。アルバイトのホールスタッフが席まで案内してくれる。知り合い特典で、奥まった静かな席を予約させてくれたらしかった。

「ここやったら、ひろも落ち着くやろ」

河原町《かわらまち》でも梅田《うめだ》でもなく、地元の伏見だというだけでどこかほっとする。ひろはわくわくとメニューを手に取った。

「うん。デザートはプリンかな！」

「……ほんまに、充さんのプリン好きやな」

拓己は充のプリンの話をすると、いつもどこか不機嫌そうになる。ひろにはそれが少し不思議だった。

コースは前菜の盛り合わせから始まって、パンプキンスープと有機野菜のバーニャカウダ、季節の白身魚のグリル、赤身肉のビーフシチューと続く。

デザートはひろ待望のプリンだった。

「豪華になってる！」

ひろは目を見開いた。プリンの周りにたっぷりと生クリームが絞られ、色とりどりのフルーツが乗った、小さなプリン・ア・ラ・モードになっているのだ。

「……いや、格差ありすぎやろ」

自分の前のごく普通のプリンを見やって、拓己が嘆息した。

ありがたく、カラメルの最後のひとすくいまでいただいて、ひろは満足感に溢れていた。お腹《なか》もいっぱいだし、何より目の前に拓己がいる。

食後のコーヒーを楽しみながら、拓己はあちこちを不自然に見回していた。

「今日は白蛇おらへんのやな」

そういえば、とひろも自分のコートのポケットを探った。

「朝からいなかったかも。いつもこのあたりで出てくるのにね」

「……あいつでも、気ぃ使うとかできたんやな」

拓己がつぶやいて、ひろの前に小さな紙袋を置いた。

ひろが丸く目を見開く。

「……え」

「クリスマスプレゼント」

嬉しさより先に、ざっと血の気が引く思いがした。

「わたし、ない！」

そうだ、プレゼントだ！　クリスマスといえばプレゼントがいるものだった。

ナツツバキの少女の件に一生懸命で、すっかり忘れていた。

「どうしよう、ごめん拓己くん！　あの、何か……！」

「落ち着け、とりあえず座り」

立ち上がりかけたひろの肩を、拓己が笑いながら叩いた。

「おれのはいいから。これ、開けて」

震える手で紙袋を開ける。

ひろでも知っている有名なジュエリーブランドだった。

細長い箱のリボンをほどくと、ピンクゴールドのネックレスが現れた。

レストランの橙色の淡い光に反射してきらきらと輝いている。細いチェーンの先には一粒、小さく透明な石が輝いていた。

「できればつけといてほしい。学校とかで、毎日」

拓己が大きな手で自分の口元を覆っている。よそを向いてしれっとしているように見えて、その首から耳が真っ赤に染まっているのが、ひろにだってわかった。

なんだか信じられない気持ちだった。

だってそれでは——拓己がひろのことを、とても好きみたいだ。

「……ずるい」

そう思ったら、ひろの口からずっと押しとどめていたものが溢れた。

「わたしも、拓己くんに何かあげたい。ずっとつけててもらえるもの」

そうしたら、ひと目でこの人がわたしのものだとわかる。

誰も触らないでほしい。

誰にも、触れないでほしい。

そんなわがままを全部押しつけられる。

「拓己くんが、誰か女の人といると苦しい。でもこういうの、すごくだめだって思う。……拓己くんの人生は、わたしのものじゃないから」

人にはその人が決めた道がある。

拓己がまっすぐ前に向かって歩いているのを見るのが好きだ。その傍にいられて誇らしい。そう思うのに、時々その手をとって引き留めたくなる。

傍にいて。

置いていかないで。

いつだってひろの心の中は、わがままばかりで矛盾《むじゅん》している。

拓己が一つ嘆息した。

呆れられただろうか。ひろは手の中のネックレスに目を落とす。

ひろの気持ちなんか知ったことではないというように、透明な石が場違いなほどきらきらと輝いていた。

拓己がぽつりと口を開いた。

「そういうの、もうちょっと言うてほしい……」

顔を上げると、拓己がテーブルに突っ伏しそうになっている。うつむいた耳が真っ赤に染まっている。

レストランから出ると、空には美しい月が輝いていた。白い息がふわりと上っていく。

「ひろもおれも、たぶんこういう、恋人とか恋愛とかあんまり上手やないんやろうな」

ひろにとっては意外だった。

拓己はいつだって人気があったし、ひろなんかよりずっと世界を知っているから。

繋《つな》いだ拓己の手が熱い。

「おれたちは、おれたちのペースで、ゆっくり進もう」

河原町も梅田も魅力的だ。楽しいデートプランも雑誌に載っている経験談も友だちとの恋バナも、素敵だと素直にひろはそう思う。

でも、やっぱりそれは少し速すぎるみたいだ。

蔵で酒が熟成するように、季節が巡り色づくように。

歩くようにゆっくりと進むのが、きっとわたしたちの速さだ。

ひろは月を見上げて、小さくうなずいた。

——清花蔵に帰り着くと、大宴会のさなかだった。

隣でコートを着たままの拓己が呆れた声を上げる。

「……なんでクリスマスにそんなはしゃいでるんですか、蔵どうしたんですか」

蔵人の一人が食事の間までやってきた拓己に、がっしりと抱きついた。

「なんや若、もう戻ってきたんか！　ゆっくりしてたらええのに！」

「ひろちゃん、まだ酒あまってるで！」

ひろはアルコールの類があまり得意ではない。酒蔵に入り浸っているからには、せっかくだから嗜《たしな》もうと思っているのだが、すぐにふらふらになってしまう。

拓己が鬱陶《うっとう》しそうに、蔵人の腕から抜け出した。

卓にはクリスマスらしく、山盛りのローストチキンが美しい照りを返している。飴《あめ》色に焼かれた外側がぱりっと香ばしく、実里特製のスパイスがたっぷりかかっていた。

洋風なのはそれだけで、あとは鰤《ぶり》と大根の煮物、どんぶりに豪快に盛られた白菜の浅漬け、ほくほくのジャガイモと椎茸《しいたけ》をオーブンで焼いたものが、どんと置かれている。

最近清花蔵の台所には、実里がずっと欲しいと言い続けていた、新しい大型のオーブンが導入された。拓己と兄である瑞人《みずと》からのプレゼントらしい。

実里はすでに、料理にデザートにと、しっかりと使いこなしていた。

今日のデザートにと用意されたパウンドケーキは、実里の好きなほうじ茶がたっぷりと混ぜ込まれている。

拓己が卓から、ほうじ茶のパウンドケーキを手早く三切れ、それと片手で酒瓶《さかびん》と猪口を二つ器用にさらう。

「酔っ払いの相手はええから、ひろは台所でお茶もろてきて」

ひろはうなずいて、台所に挨拶がてら寄ったあと、拓己と一緒に隣の客間に逃げ込んだ。締め切った障子《しょうじ》の向こうから、賑やかな宴会の喧騒が聞こえてくる。

「いつもより賑やかだね」

ひろが湯飲みに茶を注ぎながら、そう言った。

「明日から忙しくなるから、決起会みたいなもんやな。クリスマスの情緒もあらへん」

拓己が縁側に続く障子を開け放った。ガラスの掃き出し窓の外、縁側の向こうに奥庭に続く木戸が見える。

「……明日から、本格的に内蔵の仕込みも始まる」

その先には古い酒蔵がある。杜氏と蔵元である拓己の父、正《ただし》。そして数人の蔵人――次代を継ぐ拓己。

わずかな人数で、内蔵でほんの少量仕込まれるのが、本物の神酒、神の酒『清花』だ。

「いてるんやろ、白蛇」

拓己が呼びかけると、するりと暗闇からシロが姿を現した。どこか拗ねているようにひろの膝へするりと這い上がる。

「……楽しかったか」

シロは今日、拓己とひろを二人きりにしてくれたのだ。

気は遣ってくれたものの、それはそれで寂しかったとそう言っているように思えて、ひろは思わず笑ってしまった。

「ありがとう、シロ。楽しかった」

「白蛇にしてはようやった」

「何様のつもりだ跡取り」

シロがしゃあっと赤い舌をひらめかせる。

拓己が軽く笑って、二つの猪口に酒瓶から直接酒を注いだ。濃厚な米の香りがする。

シロが金色の瞳を輝かせた。ひろの膝から身を乗り出して、猪口からちろりと酒をなめた。満足そうににやりと笑う。

「本当に、酒の味だけは悪くない」

拓己が鼻で笑って、自分も口をつけた。

実里のパウンドケーキは、甘さが控えめで苦みのあるほうじ茶の、濃厚な香りが特徴だ。切るだけでほんのりと香ばしいほうじ茶の香りがした。

熱い茶を片手に、ひろはうらやましそうに酒を交わしている一人と一匹を見やった。

「いつか、呑めるようになりたいなあ」

この地の伝統で、いつも風に混じる甘い香りの正体をひろはまだ知らない。

呑むとふらふらになってしまうとわかっているから、未だに拓己に呑ませてもらえないのだ。

「まあ、ゆっくりやったらええよ」

ああ、そうだとひろは思い出した。

急ぐのは苦手だ。めまぐるしく変化し続けるものが不得手で、ひろはずっとその速さから取り残されてきた。

穏やかな毎日が、ひろには性に合っている。

シロが膝にいる。熱いお茶と、美味《おい》しいお菓子と、賑やかな蔵人たち。

そして隣にはいつだって拓己がいて、ひろの手を引いてくれるのだ。

目を閉じると、甘い米麴《こめこうじ》の――酒と、そして香ばしい茶の匂いがする。

それはひろにとって穏やかな幸福の匂いだった。

ゆっくりやっていけばいい。

ひろは染み入るような夜空を見上げて、自分にそう言い聞かせた。

――京都の南、洛南の冬の夜が静かに更けていく。

参考文献

『日本美術全史　世界から見た名作の系譜』（２０１２）田中英道（講談社）
『定本　和の色事典』（２００８）内田広由紀（視覚デザイン研究所）
『日本美術史』（１９９１）辻惟雄監修（美術出版社）
『宇治川歴史散歩』（２００９）齋藤幸雄（勉誠出版）
『対訳でたのしむ　鉄輪』（２０００）竹本幹夫（檜書店）
『豊臣秀吉と京都　聚楽第・御土居と伏見城』（２００１）日本史研究会（文理閣）
『戦国時代狩野派の研究　狩野元信を中心として』（１９９４）辻惟雄（吉川弘文館）
『指月城跡・伏見城跡発掘調査総括報告書』（２０２１）京都市文化市民局（京都市文化市民局）
『もっと知りたい狩野永徳と京狩野』（２０１２）成澤勝嗣（東京美術）
『素晴らしい装束の世界　いまに生きる千年のファッション』（２００５）八條忠基（誠文堂新光社）
『新版　平家物語（一）全訳注』（２０１７）杉本圭三郎（講談社）

※この作品はフィクションです。実在の人物・団体・事件などにはいっさい関係ありません。

集英社オレンジ文庫をお買い上げいただき、ありがとうございます。
ご意見・ご感想をお待ちしております。

● あて先
〒101-8050　東京都千代田区一ツ橋2-5-10
集英社オレンジ文庫編集部 気付
相川　真先生

京都伏見は水神さまのいたはるところ

ふたりの新しい季節

集英社
オレンジ文庫

2021年10月25日　第1刷発行

著　者　相川　真
発行者　北畠輝幸
発行所　株式会社集英社
〒101-8050東京都千代田区一ツ橋2-5-10
電話【編集部】03-3230-6352
【読者係】03-3230-6080
【販売部】03-3230-6393（書店専用）
印刷所　凸版印刷株式会社

ISBN 978-4-08-680412-7 C0193

集英社オレンジ文庫

森りん

水の剣《ラヴィーナ》と砂漠の海

アルテニア戦記

水を自在に操る「水の剣」が神殿から
盗まれた。生身の人間には触れられない
はずのその剣は、帝国が滅ぼした
一族の生き残りの少女シリンだけが
扱うことができて…？